Die kleine Patisserie ins Glück

SANNE HIPP

c/o autorenglück.de
Franz-Mehring-Str. 15
01237 Dresden
www.sanne-hipp.de
Umschlaggestaltung: Sabine Albrecht, www.benisa-werbung.de
Unter Verwendung von:
©Depositphotos.com/VLukas
©Depositphotos.com/drogatnev
©Freepik/BiZkettE1
Lektorat: Katharina Glück (www.katharinaglueck.de)
Independently published
E-Book: ASIN B0BHQKBPLS
Taschenbuch: ISBN 9798363773884

Lebe.
Heute.
Hier.
Jetzt.

Dies ist ein fiktiver Roman. Auch wenn manche Orte, die im Buch erwähnt werden, existieren, ist die nähere Beschreibung reine Fiktion. Dies bezieht sich ebenfalls auf die Handlung und ganz besonders auf die beschriebenen Personen und deren Verhalten. Nichts davon entspricht der Realität. Ähnlichkeiten mit lebenden und tatsächlich existierenden Personen sind dem Zufall geschuldet und nicht beabsichtigt.

KAPITEL *Eins*

Kim

Sie folgten der Autobahn Richtung Süden. Norah Jones sang »Don't now why«.

»Nett sind sie, die beiden. Muss man echt sagen«, sagte Bo mitten in den Song hinein.

Kim hatte sehnsüchtig auf den ersten Kommentar gewartet, irgendeine Bemerkung darüber, wie Bo die kleine Patisserie gefallen hatte und was sie über deren Inhaber Erik und Bernd dachte.

»Ja, das war auch mein Eindruck, als ich das Café das erste Mal betreten habe. Die reizende Atmosphäre von außen wird durch die beiden auch im Inneren gelebt. Zumindest habe ich das so empfunden.«

Bo nickte langsam. »Ja, so ist es. Sie sind sehr bemüht.« Sie wandte den Kopf und stieß hörbar die Luft aus. »Schon merkwürdig. Wir arbeiten seit beinahe drei Jahren im selben OP-Trakt. Eine lange Zeit, wenn man bedenkt, dass du mich so gut wie gar nicht beachtet hast. Und jetzt, wo ich endlich einen Draht zu dir gefunden habe, hast du vor, in absehbarer

Zeit zu kündigen. Das ist irgendwie ungerecht.« Sie klang frustriert. Immer noch.

»Sorry, dass es dich so trifft. Ich wusste nicht, dass du mich so sehr bewunderst«, sagte Kim als Versuch, eine Brücke zu schlagen. »Also, so rein fachlich gesehen«, schob sie hinterher.

Es sollte ganz unbeschwert klingen, kam ihr aber nicht so locker über die Lippen wie beabsichtigt. Ja, sicher, es war einerseits bedauerlich, aber durch Bo hatte sie die Kraft und den Mut zur Veränderung gefunden. Ein Blick zu Bo hinüber, zeigte ihr, dass das Thema ihres Berufswechsels noch lange nicht abgeschlossen war.

»Wir sollten jetzt nicht darüber reden. Lass uns die Zukunft fürs Erste ausblenden«, schlug Kim vor. »Freuen wir uns doch einfach auf die Loisach, auf die anderen und das freie Wochenende.«

Bo atmete noch einmal tief ein und wieder aus. »Genau das sollten wir tun.« Sie lächelte demonstrativ und zeigte damit ihre Bereitschaft, das Thema zu wechseln.

»Wir werden die Letzten sein, was?«

»Ich weiß nicht, wann Ben aus der Klinik gekommen ist. Kann sein, dass er sogar noch nach uns eintrifft.«

Da Bo nichts weiter sagte und Kim nicht zu sehr in sie dringen wollte, verbrachten sie den Rest der Fahrt schweigend, lauschten der Musik und hingen ihren Gedanken nach.

Ihr Ziel war nicht allzu weit: der Campingplatz in der Nähe vom Kochelsee. Sie wollten mit ihren Kajaks den unteren Teil der Loisach befahren. Dort war der Fluss ganz friedlich, im Gegensatz zum mittleren Teil. Kim wusste nicht so recht, was sie dieses Wochenende erwartete. Die anderen wussten noch nicht, dass Bo und sie jetzt ein Paar waren. Sie würden es ihnen heute sagen, und Kim wappnete sich jetzt schon vor Bens Bemerkungen. Er würde sich mit Häme nicht zurückhalten. Von wegen, keine Liebeleien zwischen den Mitgliedern der Selbsthilfegruppe. Aber so gesehen gehörte Bo ja gar nicht dazu. Sie war nur die

Begleitung einer Person, die wegen Depressionen behandelt wurde.

Auch wussten die anderen noch nichts von ihrer Absicht, ihren Job an den Nagel zu hängen. Wie Bo sich wohl vor in Gesellschaft dazu äußern würde?

»Es war der Chef, nicht wahr?«, fragte Bo so unvermittelt, dass Kim erschrak. »Wir alle haben viel zu lange zugelassen, dass du ihm ausgesetzt warst. Wenn wir Assistentinnen uns in puncto Chefarztassistenz abgewechselt hätten, wärst du deinem Job nicht überdrüssig geworden. Also, die Besten eben, nicht gerade ich«, schob sie hinterher.

»Das ist Spekulation«, antwortete Kim. »Außerdem war es mein eigener Wunsch, mit ihm zu arbeiten.«

»Nein, es war sein Wunsch. Und alle waren froh, dass er dich wollte, und haben dir noch gut zugeredet. So war es doch, oder?« Sie reckte das Kinn, bereit, ihre Position zu verteidigen.

»Ich möchte jetzt nicht mit dir darüber diskutieren, wer Schuld daran hatte. Ich habe mich entschieden, ein neues Kapitel zu beginnen, und das fühlt sich für mich echt befreiend an. Ich würde mir wünschen, dass du …«

»Schon gut, schon gut«, beschwichtigte Bo. »Das tue ich ja. Es war ja nur so ein Gedanke.«

Dann behalte ihn für dich!, hätte Kim am liebsten geantwortet, hütete sich aber, es laut auszusprechen. Sie wollte keinen Streit.

Bo sah aus dem Fenster und versank wieder in ihrer Grübelei. Eine schöne Landschaft empfing sie. Glücklicherweise ließ sie sich davon begeistern und schien auf andere Gedanken zu kommen.

»Hier kann man es aushalten. Schwimmen wir als Erstes?«, fragte sie.

»Wenn es keinen Kaffee gibt, ja. Andererseits müssen wir unsere vielen Törtchen an den Mann bringen. Die werden morgen nicht mehr so gut schmecken.«

»Gehen doch auch als Nachtisch zum Abendessen, oder?«

»Stimmt«, sagte Kim.

Sie hielten vor der Anmeldung und durchliefen das Prozedere, das sie nun schon einige Male miteinander erlebt hatten. Eine Frau begrüßte sie freundlich, schrieb sich Namen und Kennzeichen auf, zeigte ihnen den reservierten Platz auf der Karte und wies mit der Hand in die entsprechende Richtung.

»Könnens nix folsch mocha«, fügte sie lächelnd hinzu.

»Ganz nett hier«, stellte Kim fest, als sie im Schritttempo weiterfuhren. Sicher nicht so schön wie der erste Campingplatz, den sie gemeinsam besucht hatten, aber man konnte es hier aushalten.

Sie waren die Letzten, wie sie wenig später feststellten. Errat und Olga winkten ihnen schon aufgeregt zu. Ben hatte dieselbe Freundin wie beim letzten Mal dabei. Das wunderte Kim ein bisschen. Das sah beinahe nach etwas Festem aus. Wie hieß sie gleich noch mal?

»Wie war der Name von Bens Freundin?«, fragte sie Bo rasch. »Carola?«

»Carla«, antwortete Bo. Sie hatte eindeutig das bessere Namensgedächtnis.

Kim brachte den Bus in Stellung, stieg aus und begrüßte alle.

Als sie sich an den Aufbau machten, also die Markise herausfuhren, Tisch und Stühle aufstellten und die Seitenteile anhängten, sagte Bo: »Ich bin dafür, dass wir uns demnächst aufs Abendessen stürzen. Ich habe Hunger auf was Deftiges nach dem ganzen süßen Zeug.«

»Okay. Aber erst gehen wir eine kleine Runde spazieren und sehen uns um, mein Schatz!« Es war das erste Mal, dass Kim sie so nannte.

Bo wandte ruckartig den Kopf. Kim wartete schon auf den Kommentar: *Sag auf keinen Fall Schatz zu mir*, doch dann hörte sie Bo sagen: »Es klingt nett, wenn du das sagst.«

Kim grinste. »Echt? Ich habe eigentlich damit gerechnet, dass du protestierst.«

»Nein.« Nach einer Pause fügte Bo hinzu: »Es gefällt mir.« Sie lachte selbst darüber. Das ganz normale Bo-Lächeln war in ihr Gesicht zurückgekehrt. Endlich.

»Die Loisach wird dir gefallen«, sagte Kim rasch, weil sie irgendetwas sagen wollte, damit das Lächeln blieb.

»Hat mir je etwas nicht gefallen?«, fragte Bo zurück.

Ja, gerade vorhin erst, dachte Kim.

Bo musste denselben Gedanken hegen, denn ihr Lächeln verschwand und sie schob hinterher: »Ich meinte, was die Wahl unserer Ausflugsziele angeht.«

Kim holte betont Luft, verkniff sich aber eine Antwort.

Bo bemerkte, dass sie eine Grenze überschritten hatte. »Entschuldige«, sagte sie, und nach einer kurzen Pause. »Ich höre jetzt auf damit. Versprochen!« Sie nahm ihre Hand und zog sie mit sich.

KAPITEL
Zwei

Kim

»GEHT NOCH jemand mit auf eine kleine Runde?«, fragte Kim, mit Blick auf die anderen, die gemeinsam vor Errats Zelt saßen.

»Wir haben uns schon umgesehen. Im Gegensatz zu euch sind wir schon eine Weile da«, feixte Ben.

»Na, dann machen wir das eben allein. Falls euch langweilig ist, könnet ihr ja schon mal den Tisch decken. Wir essen doch gemeinsam, oder?«

»Klar«, sagten Ben und Errat gleichzeitig.

»Was gibt es denn?«, fragte Kim.

Ben lachte. »Carla und ich haben die Fisch- und Fleischtheke beinahe leergekauft. Ich würde heute gerne Saiblinge grillen. Dazu machen wir wieder verschiedene Salate, und Carla hat schon fertigen Kartoffelsalat mitgebracht.«

»Ist der glutenfrei?«, fragte Kim sofort.

»Ja, garantiert mit weizenfreier Brühe«, sagte Carla strahlend. »Ich habe extra das Kleingedruckte gelesen.«

»Oh, danke!«, kam es von Bo.

»Wäre das okay?«, fragte Ben. »Dann bereiten wir jetzt

noch andere Salate vor, solange ihr unterwegs seid. So langsam kriege ich Hunger.« Sein Blick schweifte zu Olga und Errat hinüber. »Ich glaube, Olga und Errat machen sich separat etwas.«

Kim lächelte verständnisvoll. »Dann gehen wir mal«, sagte Kim, nahm Bos Hand und sie schlenderten davon. »In Ben schlummert ein Organisationstalent. Wer hätte das gedacht!?«, stellte Kim zufrieden fest, als sie außer Hörweite waren.

Bo schmiegte sich für einen Moment an sie, hakte sich unter und gemeinsam spazierten sie über den Platz bis zum Ufer des Sees und ein Stück am Wasser entlang.

»Auch schön hier«, stellten sie wieder fest. Und das war es auch, aber ihr Herz hatte sie schon an den Platz an der Isar verloren. Alle weiteren Locations mussten sich mit jenem Ort messen, und natürlich schnitten die anderen schlechter ab. Sie hatten auch nicht den Sonderbonus der ersten romantischen Nächte, an denen Kim gerne mehr mit Bo gemacht hätte, als sich nur gemütlich neben sie zu kuscheln.

»Es tut mir leid, Kim, dass ich heute Morgen nicht so begeistert reagiert habe. Ich trauere natürlich darüber, dich als Kollegin im Krankenhaus zu verlieren. Der OP wird nicht mehr derselbe sein, wenn du nicht da bist. Aber natürlich möchte ich, dass du glücklich bist. Restlos glücklich«, setzte sie nachdrücklich hinzu. »Ich werde irgendwie damit klarkommen. Keine Sorge.«

Da war sie wieder: Bo, die sich arrangierte mit dem, was sie kriegen konnte. Ihre Worte taten einerseits gut, schmerzten Kim aber zugleich. Sie wollte, dass auch Bo restlos glücklich war mit ihr.

»Ich kann dir jeden Tag Kuchen, Törtchen und Brot mitbringen. Du kannst alles bedenkenlos essen. Ist das nicht großartig?«

»Ich weiß, du machst das auch ein Stück weit wegen mir. Danke, du bist echt lieb, und ich weiß das zu schätzen. Vielleicht sollten wir hier und jetzt schon mal Regeln aufstellen, dass du nur zweimal die Woche etwas mit nach Hause bringst, sonst werde ich auseinandergehen.«

Kim blieb stehen und nahm Bo in den Arm. »Von mir aus könntest du dir ein paar Reserven anfuttern.« Ihre Hände legten sich auf Bos Taille und zogen sie näher heran. Ihre Lippen fanden sich, und es tat unglaublich gut, sich in ihrem Kuss fallen zu lassen.

»Ich möchte, dass du glücklich bist«, hauchte Bo.

»Ich weiß.«

Und dann schwiegen sie eine Zeit lang, hielten sich an den Händen und blickten über den See.

Kim wies nach einer Weile auf eine Stelle, an der ein Fluss in den See mündete. »Dort werden wir morgen ankommen. Es wird eine gemütliche Strecke werden, wie es sich unsere Männer gewünscht haben.« Kim lachte bei dem Gedanken an Ben und Errat, die sich für eher beschauliches Paddeln ausgesprochen hatten. »Ich denke, wir sollten die Wochenenden zwischen den Treffen mit den anderen dazu nutzen, so richtig ins Wildwasser zu gehen. Was hältst du davon?«

»Ja, können wir machen. Bleibt eure Selbsthilfegruppe eigentlich bestehen, wenn Ben und Errat jetzt eine feste Partnerin haben. Irgendwie gibt ihnen das doch Stabilität in ihrem Privatleben, oder?«

»Was heißt das? Du möchtest mich an den Wochenenden für dich allein haben?«

»Zum Beispiel«, antwortete Bo und grinste. »Außerdem denke ich, dass du, wenn du jetzt Teilhaberin einer Patisserie wirst, auch an Samstagen und Sonntagen arbeiten wirst. Zumindest an manchen.«

»Ja, das ist richtig. Dafür habe ich unter der Woche freie Tage, die ich mit dir verbringen kann, wenn du dir freinimmst.«

»Du kennst den momentanen Belegungsplan und den Personalnotstand in der Klinik. Wir alle häufen Überstunden an.«

»Ja, aber richtig ist das nicht. Man kann nicht die, die übrig bleiben, verheizen. Ihr müsst euch wehren.«

»Klar.«

»Und nachher bereden wir mit Ben und Errat und deren Anhängen, wie oft sich unsere Selbsthilfegruppe noch treffen soll. Vielleicht nur noch diesen Sommer. Und wenn es hier Herbst wird, machen wir Urlaub und fahren nach Serbien oder Rumänien zum Wildwasserfahren. Das soll echt ein Erlebnis sein.«

»Du und ich eine ganze Woche oder zwei mit dem Bus unterwegs – das klingt verführerisch. Da ist es mir egal, wohin wir fahren.« Bo legte den Arm um ihre Taille, als sie weitergingen, und Kim fühlte die Erleichterung körperlich. Eine Leichtigkeit in der Magengegend stellte sich ein und ihr wurde warm. Alles würde sich finden.

KAPITEL
Drei

Kim

»Na, ihr zwei Turteltauben!«, empfing Ben sie, als sie zurückkehrten. Er musste ihrem Kommen schon eine Weile entgegengesehen haben. »Wann werden wir eigentlich offiziell darüber informiert, dass ihr was miteinander habt?« Sein provozierender Blick haftete auf Kim, wahrscheinlich als Aufforderung, sich zu erklären. »Bisher wart ihr ja nur Kolleginnen, wenn mich nicht alles täuscht.«

»Aber Ben!«, mahnte Carla im Hintergrund.

Kam es Kim nur so vor, oder wurde sein Grinsen immer dämlicher? Was war das für ein Macho-Trip? Wollte er seiner neuen Freundin damit imponieren?

Um keine Dissonanzen zu schüren, denn davon hatte sie heute schon genug gehabt, sagte Kim artig: »Hiermit mache ich es offiziell: Bo und ich sind ein Paar.«

»Ha! Wusste ich es doch!«, freute sich Ben. »Von Anfang an.«

Kim hatte keine Lust, ihn zu korrigieren. Bo sagte merkwürdigerweise nichts, sah ihn nur stumm an und senkte dann den Blick. Kim bemerkte ihr Befremden.

Ben plusterte sich auf. »Ich möchte ja nichts sagen, aber wir haben unseren Part schon erledigt. Die Salate sind gleich fertig und Errat hat sogar schon den Tisch gedeckt.«

Kim schenkte ihm ein müdes Lächeln. »Jetzt mal keinen Stress! Hast du die Fische schon ausgenommen?«

»Haben wir grillfertig gekauft. Wolltest du sie mit Kräutern füllen oder so? Du kannst das doch am besten.«

»Ja, ich komme. Muss mir nur noch kurz die Hände waschen.«

Kim und Bo suchten das Waschhaus auf und kletterten anschließend zu Ben in den Camper. Carla war dabei, Tomaten für Caprese zu schneiden. Ben steckte ein Salatbesteck in einen Nudelsalat.

»Machst du uns einen leckeren Dip zu den Fischen oder eine Remouladensoße?«, fragte er mit einem genießerischen Zungenschnalzen.

»Kann ich machen. Aber jetzt füllen wir sie erst mal.«

Die Fische waren wirklich sehr frisch und sahen überaus appetitlich aus. Kim salzte sie, versah sie mit einem guten Hauch Zitronenpfeffer, füllte sie mit Dill, Thymian und Rosmarin und band sie zusammen. »So, die können auf den Grill. Dann gehe ich jetzt mal den Dip machen. Wie wäre es zusätzlich mit Avocadocreme?«

»Geilo!«

»Darf Knofi rein?«

»Klar.«

»Essen!«, rief Ben zwanzig Minuten später.

Unter der Markise seines Campers hatten die Männer zwei Tische zusammengeschoben und alle Stühle, die sie hatten, drum herum gestellt. Es gab sogar Tischdekoration: Errats Freundin hatte Blumen gepflückt. Wie nett.

Als alle etwas auf dem Teller hatten und zu essen begannen, fragte Kim wie nebenbei: »Bleibt es bei euch eigentlich bei einem Treffen alle zwei Wochen, oder wollt ihr etwas daran ändern?«

Man konnte Ben und Errat ansehen, dass auch sie sich schon Gedanken gemacht hatten.

»Also ich … also ich meine wir … also uns würde es auch einmal im Monat reichen«, sagte Errat als Erstes. Und das sollte etwas heißen. Sonst hielt er sich ja meist zurück.

»Und du?«, fragte Kim Ben.

Er sah Carla an. »Nun, einmal im Monat wäre schon okay, glaube ich. Ich laufe nicht Gefahr, zu vereinsamen, oder?« Er zwinkerte ihr zu, und sie lächelte.

Olga hielt sich auffällig zurück. Ihr waren die Treffen jetzt wahrscheinlich schon zu häufig gewesen. Fein, dann passte doch alles.

»Wisst ihr, ich frage auch deshalb, weil ich bald nicht mehr so viel Zeit haben werde. Also an den Wochenenden, meine ich. Ich werde in Zukunft öfter auch samstags und sonntags arbeiten, ich habe nämlich vor, mich beruflich zu verändern, und bin seit letzter Woche Teilhaberin eines Cafés in der Altstadt. Eine süße kleine Patisserie für glutenfreie Backwaren.«

Ben war wohl etwas im Hals stecken geblieben, denn er begann zu husten. »Was?«, keuchte er. »Du kündigst?«

»Ja.«

»Auf wann?«

»Nächsten Monat.«

»Wie hast du das geschafft? Du arbeitest seit fünfzehn Jahren im OP.«

»Aufhebungsvertrag.«

»Die haben dich so schnell gehen lassen?«

»Du weißt selbst, welches Register ich ziehen muss, um möglichst schnell aus der Nummer rauszukommen. Wenn ich mich krankschreiben lasse, haben sie auch nichts davon.«

»Ja, klar. Aber nur wegen deiner Depression alles hinschmeißen? Ich meine …« Er brachte seinen Satz nicht zu Ende, aber es war im anzusehen, dass er höchst irritiert war. »Also, ich kündige nicht. Ich werde meinen Job nicht aufgeben.«

»Das erwartet auch niemand von dir«, sagte Kim. »Wenn du dich wieder darin zurechtgefunden hast und glücklich damit bist, ist doch alles okay.« Sie zuckte mit den Schultern.

»Ich ändere auch nichts, so rein beruflich. Ich bin ganz zufrieden, wie es gerade ist. Und Olga ist ja auch noch da«, bekräftigte nun auch Errat.

Olga streichelte ihm demonstrativ den Arm. »Das machst du so gut. Ich bin so stolz auf dich.«

Merkwürdig. Wieso meinte plötzlich jeder, sich verteidigen zu müssen, der seine Arbeit nicht kündigte? Es war doch nur ihre individuelle Entscheidung. Sie erwartete nicht, dass es ihr irgendjemand gleichtat.

Bo meldete sich zu Wort und wandte sich besonders an Olga. »Ich bin auch stolz auf Kim. Sie ist die Beste im ganzen OP, aber sie hat das Recht, das zu tun, was sie glücklich macht.«

Kim wäre beinahe die Gabel aus der Hand gefallen. Hatte sie das wirklich gesagt?

Davon bestärkt sagte sie zu ihren beiden Kollegen: »Ich erzählte euch das nicht mit dem Hintergedanken, dass ihr es ebenso machen müsst. Es war nur eine Information für euch. Mehr nicht.«

Ben wollte es entweder nicht hören oder überhörte ihren Einwand tatsächlich, weil er zu aufgewühlt war. »Du kannst so ganz ohne Klinik leben? Das schaffst du doch nie!« Ein ungläubiges Grinsen trat auf sein Gesicht.

Jetzt mischte sich Carla ein. »Nun lass Kim doch machen, was sie will. Es ist doch nicht deine Angelegenheit.«

»Schon«, sagte Ben, »aber du hast Kim noch nicht erlebt. Sie hat sogar all die Jahre dem Chefarzt …«

»Lass gut sein, ja?«, unterbrach ihn Kim.

»Was ist das für eine Patisserie? Wo finde ich die?«, fragte Carla interessiert. »Also, ich finde es mutig, mal etwas ganz anderes zu machen.«

Ihr Lächeln war so offensichtlich aufbauend, dass es bei Kim das genaue Gegenteil bewirkte. Reue überkam sie, ihren

Kollegen überhaupt davon erzählt zu haben. Aber da es nun mal geschehen war, wollte sie auch normal mit dem Thema umgehen.

Doch da meldete sich Ben wieder zu Wort. »Ich könnte ja auch mal was ganz anderes machen. Vielleicht mache ich ab morgen eine Schreinerlehre oder melde mich beim Baumarkt und räume Regale ein. Ich glaube, die brauchen aktuell noch jemanden.« Er lachte über seinen Witz – dieses blöde Macholachen, das Kim so sehr hasste.

Sie legte das Besteck zur Seite. »Das ist alles, was du darüber zu sagen hast? Weißt du was? Steck dir deine blöden Kommentare sonst wohin!«

Neben ihr baute Bo sich auf. »Das ist echt Scheiße, Ben. Und ihr nennt euch Selbsthilfegruppe? Auf so einen Austausch kann man echt verzichten.«

»Hey, reg dich ab, ja!«, konterte Ben, aber nicht an Bo gewandt, sondern an Kim. »Du und die Klinik, das gehört einfach zusammen, das ist wie …«

»Wer entscheidet das? Du?«, fragte Kim.

»Du musst doch zugeben, das ist ziemlich überstürzt.«

»Seit wann nimmst du dir das Recht heraus, meine privaten Entscheidungen infrage zu stellen?«, fragte Kim erzürnt.

Ben ließ sich nicht einschüchtern, im Gegenteil. Er fuhr ebenso hoch. »Seit sie völliger Bullshit sind! Du schmeißt deine Betriebsrente hin, deine monatlichen Zuwendungen in einer Gehaltsklasse, in die du dich mühevoll hochgearbeitet hast. Ich glaube nicht, dass du als Tortenbäckerin auch nur annähernd so viel verdienst.« Sein Lachen war abwertend.

Kim fasste es nicht. Sie hätte nicht geglaubt, dass sich ein Mitglied dieser Gruppe über ihre Entscheidung lustig machen würde. »Schönen Abend noch!«, sagte sie und stand auf, weil jedes weitere Wort Verschwendung gewesen wäre. Mit ihrem Teller und ihrem Besteck ging sie davon.

»Schenen Abend«, hörte sie Olga mit ihrem blöden Dialekt rufen. Ob sie froh darüber war, Kim loszuwerden?

Von Errat hörte man keinen Ton, aber wenn der mal bei einem Konflikt den Mund aufbekommen würde, würde sie das echt wundern.

Bo folgte ihr auf dem Fuße, doch nicht, ohne zu Ben zu sagen: »Ich wusste gar nicht, was du für ein Kotzbrocken sein kannst.« Sie ging, ohne jemandem einen schönen Abend zu wünschen.

KAPITEL
Vier

Kim

KIM SCHÜTTELTE DEN KOPF. »Der spinnt völlig. Ich glaube, ich habe irgendwas in ihm getriggert. Vielleicht hat er selbst schon überlegt, ob er sich beruflich verändern soll.«

Sie sahen sich an, mehr geschockt als verwundert.

»Tja, so viel zu deiner Selbsthilfegruppe.« Bo blies die Luft aus den Backen. »Ist ja echt der Hammer. Und da denkt man, man macht sich ein gemütliches Wochenende in trauter Runde, verzichtet auf eine Wildwassertour, weil die beiden Herren der Schöpfung es nicht hinbekommen, und dann so was!«

Kim hörte trotz ihres Ärgers nur eines heraus. »Wie? Das war ein Verzicht für dich? Ich dachte, so beschauliches Kanuwandern im Kanadier würde dir auch Freude machen?«

»Na, mit dem Kajak ist das schon noch mal was anderes.« Bo schien erst jetzt, wo sie sich ärgerte, den Mut zu finden, über ihre Wünsche zu sprechen.

Kim lachte. Vergessen war der Zwist von eben. »Wildwasser hätte dir also mehr Spaß gemacht?«

»Ja klar!«

Sie schaute auf die Uhr. »Es ist halb acht. Nach acht kommt man nicht mehr aus dem Campingplatz raus. Sag mir, dass du lieber an die Ammer oder Amper fahren möchtest, und ich verlasse jetzt mit dir den Platz und wir buchen uns fürs Wochenende zwei Tage und machen den Fortgeschrittenenkurs. Einen schönen Campingplatz finden wir am Ammersee allemal.«

Bos Blick war süß. Sie überlegte nicht lang. »Okay. Lass uns einpacken und verschwinden. Ich habe keine Lust darauf, meine Freizeit mit Leuten zu verbringen, die mich nerven. Und vielleicht wünsche ich mir sowieso, das Wochenende nur mit dir allein zu verbringen. Ich glaube, wir haben auch so noch einiges zu bereden.«

Kim war überrascht. Es tat gut, Bo so entschlossen zu sehen. »Das ist doch mal ein Wort. Also auf!«

Als sie die Markise einfuhren und den Bus startklar machten, kam Ben zu ihnen hinüber.

»Hey, Kim! Das ist doch jetzt kindisch. Echt.«

»Wie du meinst, Ben. Ich habe keine Lust, mich von dir blöd anmachen zu lassen. Ich wünsch euch noch ein schönes Wochenende. Leider kann ich jetzt nicht mehr länger mit dir darüber diskutieren, weil um acht Uhr die Schranken schließen und ich bis dahin draußen sein möchte.«

»Wo fahrt ihr denn jetzt noch hin?«, fragte er erstaunt.

»Kajak fahren«, sagte Kim nur, während sie den Tisch und die Stühle einpackte. Bo verstaute derweil die Taschen. Sie waren ein perfekt eingespieltes Team. »Das macht uns nämlich mehr Spaß.«

Keine zehn Minuten später waren sie fertig.

»Also dann«, sagte sie zu Ben und Carla, die dastanden und ihren Aufbruch beobachtet hatten. Carla fühlte sich sichtlich unwohl. »Schönes Wochenende!«

Mit diesen Worten startete Kim den Motor, fuhr zurück zur Rezeption, zahlte freundlicherweise einen Tag für den administrativen Aufwand und passierte die Schranke, kurz bevor sie geschlossen werden sollte.

»Pfff«, machte sie und sah Bo an. »Das war die einzig richtige Entscheidung. Und jetzt ab in Richtung Ammersee! Dort bleiben wir die erste Nacht auf einem Wohnmobilstellplatz. Aber morgen früh fahren wir auf den schönsten Platz, den es dort gibt, ja?«

»Ja«, sagte Bo. »Und ich frage von unterwegs mal nach Kajaks. Zwei Einer oder ein Doppel?«

»Beim Kurs gibt es nur Einer-Kajaks. Frag mal an, ob er für uns noch zwei hat«, antwortete Kim. »Vielen Dank übrigens, dass du dich so für mich eingesetzt hast.«

»Gerne«, sagte Bo mit unverbindlichem Tonfall. »Wenn irgendjemand deine Entscheidung kritisieren darf, dann bin ich das. Und nur ich! Da bin ich echt empfindlich.«

Kim lachte lauthals. Wie süß! Das war so typisch Bo.

»Ich habe noch Hunger«, sagte sie nach einiger Zeit.

Sie hatten nicht zu Ende gegessen. Natürlich war ihr Aufbruch impulsiv gewesen, aber Kim hätte sich gar keine andere Reaktion vorstellen können. Abwinken und ihn reden lassen? Zu Ende essen und sich ihren Teil denken? Nein, das konnte sie nicht mehr. Vielleicht hatte sie das in ihrem Leben schon viel zu oft getan. Sie würde bald mit Ben und Errat telefonieren und es ihnen erklären. Und vielleicht war es wirklich an der Zeit, ihre Selbsthilfegruppe aufzulösen. Sie hatte ihren Zweck erfüllt, alle drei hatten sich wieder gefestigt. Witzig, dass sie alle eine feste Beziehung eingegangen waren.

»Dann lass uns doch noch glutenfreie Spaghetti mit Tomatensoße machen, wenn wir ankommen«, schlug Kim vor, als sie ihren Gedanken abgehakt hatte. Es war Bos Standardessen, weder ausgefallen noch sonderlich gesund. Aber ihr zuliebe würde Kim ein Auge zudrücken.

»Genau das wollte ich vorschlagen. Wenn du möchtest, könnten wir ja einen kleinen Beilagensalat dazu machen.«

Sie sahen sich an und grinsten. Jetzt erst begriff Kim die Notwendigkeit, als Paar allein zu sein. Bo hatte recht. Sie mussten sich zuerst zu zweit mit der neuen Situation vertraut machen.

Nach einer knappen Stunde Fahrt, in der sie guten Jazz hörten, hielten sie auf einem Stellplatz direkt vor dem Campingplatz, den sie für morgen ausgewählt hatten.

»Das ist praktisch. Wir bleiben über Nacht hier und fahren morgen Abend nach dem Kurs hinein.«

Der Campingplatz sah einladend aus. Schon der Stellplatz gehörte zur Oberklasse, war großzügig, grün und mit großen Bäumen bewachsen. Ein lauschiges Plätzchen für einen romantischen Abend.

Sie fuhren die Markise aus, stellten den Tisch und die Stühle auf und Kim machte sich daran, Nudeln zu kochen und eine Soße zu zaubern. Käse gab es in Hülle und Fülle, frisch vom Markt. Eine Viertelstunde dauerte es, bis sie ihr einfaches Abendessen genossen. Eine Holunderblütenschorle mit Limette und Minze gab dem gedeckten Tisch etwas Exklusives.

KAPITEL *Fünf*

Kim

»Hättest du damit gerechnet, dass Ben dem Klinikum gegenüber so loyal ist?«, fragte Bo beim Essen. »Er hat deine Entscheidung beinahe als Verrat empfunden.«

»Nein. Ich dachte, die anderen wären offener für solche Entscheidungen. Zumindest hätte ich nie vermutet, dass die beiden so an unserem Arbeitgeber kleben. Sicher bietet es finanzielle Sicherheit, einen Job zu behalten, aber doch nicht um jeden Preis. Und ich hätte sogar angenommen, sie freuen sich für mich.«

»Wenn du seine blöde Art mal außen vor lässt«, Bo wiegte den Kopf, »macht er sich Sorgen um deine finanzielle Zukunft?«

»Nein. Er ist und bleibt ein herablassender Macho. Und dabei hatte ich angenommen, er hätte sich geändert.«

»Carla wird ihm das noch austreiben. Ich glaube, sie war ziemlich geschockt über seine Reaktion.«

Kim stieß hörbar die Luft aus. Das war mal wieder typisch Bo. Mit ihrer empfindlichen Art bekam sie immer mit, was andere fühlten. »Meinst du? Ich habe hauptsächlich deine

Reaktion mitbekommen.« Jetzt lächelte sie. »Und die hat mir gefallen.«

Bos Augen wurden schmaler. Kim tat, als bemerkte sie es nicht. Sie drehte sich die letzte Portion Spaghetti auf die Gabel und steckte sie sich in den Mund. Mit dem Käse zusammen schmeckte das ganz gut.

»Gehen wir ins Bett?«, fragte sie, als Teller und Gläser leer waren.

»Jetzt schon? Hast du noch was vor?« Bo grinste sie an.

Kim überlegte nur kurz und beantwortete die Frage ganz ehrlich. »Ich würde gerne mit dir schlafen.«

Bo schenkte ihr ein verschmitztes Lächeln. »Dann springen wir mal rasch rüber zum Sanitärblock. Kommst du mit?«

»Hm«, machte Kim wenig erfreut. »Es gibt Momente, da beneide ich die Wohnmobilisten um ihr eigenes Bad und ihre Toilette.«

»Echt jetzt?«

»Ja, und um den Platz in ihrem Schlafzimmer.«

Bo lachte auf. »Sag mal! Du meckerst jetzt aber nicht an deinem Bulli herum, oder?«

»Nein. Nur manchmal wünsche ich mir etwas mehr Intimsphäre. Durch die dünnen Wände hört man alles.«

Als sie sich den Bus gekauft hatte, war sie davon ausgegangen, er würde als rollende Unterkunft für sie allein dienen. Dass sie sich so schnell wieder verlieben würde, hätte sie niemals angenommen. Jetzt fühlte sie sich manchmal beengt in dem kleinen Wohnbereich – bei allem, was man zu zweit gerne machte.

Bo sah sie entgeistert an. »Hey! Wir hatten von Anfang an romantische Momente in der Schlafkoje. Vergiss das nicht.« Sie nahm Kims Hand und zog sie mit sich. »Komm schon, gehen wir!«

Kim kramte ihren Kulturbeutel aus dem Fach und folgte ihr. Sie waren nicht allein auf dem Platz. Außer ihnen hatten sich vier Wohnmobile eingefunden. Zwei weitere Frauen waren dabei, sich die Zähne zu putzen und zu duschen. Kim fragte sich, ob sie die Zähne nicht lieber in ihren eigenen vier Wänden geputzt hätte. Wieder ertappte sie sich dabei, sich ein eigenes kleines Bad zu wünschen.

Eine Viertelstunde später lagen sie im Hochbett des Bullis.

»Was ist mit den Kajaks? Hat sich der Anbieter gemeldet?«, fragte Kim.

Bo wälzte sich auf die Seite, suchte in der Ablage ihr Handy und warf einen Blick darauf. »Sieht gut aus! Wir sollen morgen um neun an der Anlegestelle sein. Mit uns haben sich noch vier weitere Leute angemeldet. Das wird unser erster Einsteigerkurs ins Wildwasser. Wir werden noch nichtige Profis!« Sie machte eine kleine Pause, bevor sie fortfuhr: »Wenn wir schon keine Kolleginnen bleiben, ist es doch wenigstens ein Trost, dass wir denselben Sport betreiben.«

»Ach Bo! Können wir das nicht für die nächsten zwei Stunden ausblenden? Du vergisst, dass wir viel mehr als nur Kolleginnen und Sportkameradinnen sind. Wir sind ein Paar. Können wir bitte das Hier und Jetzt genießen?«

Ihre Stimme wurde immer leiser, bis sie die letzten Worte nur noch flüsterte. Sie küsste Bos Schulter. Sie hatte unglaublich zarte Haut. Es wirkte auf Kim wie ein Aperitif, ein Versprechen auf mehr.

Bo antwortete nicht darauf, aber ihr Mund empfing sie so entgegenkommend, dass es durchaus als Antwort zu werten war. Kims Hand glitt unter ihr Shirt, streichelte ihren Bauch empor zu ihren Brüsten, fühlte, wie ihre Brustwarzen hart wurden.

Und mitten hinein in den zärtlichen Moment sagte Bo: »Zu wissen, dass jemand wie du im OP arbeitet, war irgendwie beruhigend. Ich weiß nicht, wie ich das schaffen soll.«

Diese Worte waren der Todesstoß für jegliche Romantik. Kims Kopf sank für einen Moment frustriert auf die Schulter ihrer Liebsten. Musste das jetzt sein? Natürlich war es gut, wenn Bo ihre Bedenken aussprach. Aber warum gerade jetzt?

Kim stöhnte auf, zog ihre Hand zurück, rollte sich auf die Seite und versuchte, sich ihre Enttäuschung nicht anmerken zu lassen. »Ja, das tut mir leid, es ist aber nicht zu ändern. Wir haben noch einen gemeinsamen Monat in der Klinik. Wir können es noch bewusst genießen oder darüber lamentieren. Wie du willst.«

Bo bemerkte Kims Frust anscheinend noch nicht einmal, sondern sprach ganz unbedarft weiter. »Und wenn ich dir von meiner Arbeit erzähle, wird dich das nicht nerven?«

»Warum sollte es?«

»Weil du nichts mehr davon hören möchtest, vielleicht?«

»Nur weil es für mich die richtige Entscheidung ist, nicht mehr dazuzugehören, heißt das doch nicht, dass ich nichts mehr darüber hören möchte. Natürlich interessiert es mich auch weiterhin, was in der Klinik passiert.«

»Eigentlich dürfte ich es dir gar nicht mehr erzählen. Du weißt, Schweigepflicht und so«, überlegte Bo.

»Dann lass es eben bleiben, wenn dir das zum Problem wird.«

Kim richtete sich auf, ihr Kopf stieß an das Dach. Warum war hier eigentlich alles so eng? Plötzlich hatte sie keinen Nerv mehr. Erst machte Ben sich über sie lustig, während Errat, dieser Feigling, demonstrativ schwieg, und jetzt kam auch noch Bo mit ihrer blöden Schweigepflicht. Waren denn plötzlich alle bescheuert geworden?

»Ich geh mal eine Runde spazieren«, sagte sie und ließ sich vom Hochbett auf den Beifahrersitz hinabgleiten. Die Fensterrollos waren geschlossen. Niemand konnte von außen sehen, wie sie wieder in ihre Hose schlüpfte.

»Kim!«, sagte Bo betroffen, »ich wollte dich nicht verletzen. Entschuldige!«

»Schon gut. Wie du gesagt hast: Es ist wichtig, dass wir das Wochenende für uns allein haben, um uns auf diese neue Situation einzustellen. Es ist vielleicht doch nicht so leicht, wie ich gedacht habe.«

»Dann lass uns doch darüber reden!«

Kim konnte sich die immer gleichen Bedenken nicht mehr anhören. »Ich muss mal allein sein«, sagte sie, öffnete die Schiebetür, trat nach draußen und schloss sie mit einem kräftigen Rums wieder. Ob das die umstehenden Wohnmobile eigentlich störte? Deren Türen öffneten und schlossen sich geräuschlos.

Mit dem Gefühl, dass sie sich gerade an allem störte, marschierte sie den nur spärlich beleuchteten Weg entlang. Was sie jetzt brauchte, war Bewegung, und die fand sie auf dem Spazierweg um den See herum.

KAPITEL
Sechs

Bo

Das hatte sie nicht beabsichtigt. Jetzt war Kim fort, dabei hatte sie nur die Gedanken teilen wollen, die ihr durch den Kopf jagten. Auch oder gerade dann, wenn sie zärtlich zueinander waren. Sicher wollte sie mit Kim schlafen, aber konnte sie deswegen von jetzt auf gleich ihre Bedenken abschalten?

Sie machte sich nun mal Sorgen. Würde sich ein Karrierewechsel für Kim wirklich auszahlen? Die Patisserie war entzückend, natürlich, aber würde sie sich nicht finanziell ruinieren? Wenn Bo ganz ehrlich war, empfand sie ähnlich wie Ben. Nur hatte der nicht das Recht, Kim seine Meinung auf diese Weise mitzuteilen. Aber was um Himmels willen wollte Kim mit einer Konditorei? Das war einfach zu wenig für jemanden, der so herausragend in seinem Beruf war. Oder war Bo einfach zu egoistisch, um sie gehen zu lassen?

Bo dämmerte, dass sie Kims Entscheidung akzeptieren musste, wenn ihre Beziehung nicht darunter leiden sollte. Sogar noch mehr: Sie musste sie nicht nur akzeptieren, sondern sie in ihrer Entscheidung unterstützen. Wenn das nur nicht so verdammt schwer gewesen wäre! Sie hatten noch einen Monat. Sie war jetzt schon gespannt auf die Reaktion des Chefs. Sie gönnte es ihm von ganzem Herzen, diesem aufgeblasenen Deppen. Ihm hatte sie es zu verdanken, dass Kim krank geworden war und nun ganz aussteigen wollte. Ihm und diesem ganzen kranken System, das nur darauf fußte, sich gegenseitig fertigzumachen, weil man selbst den Stress nicht mehr aushielt.

Bo blickte hinaus und beobachtete die Wolken, die am immer dunkler werdenden Himmel vorbeizogen. Vielleicht hatte Kim recht. Es gab noch etwas anderes auf der Welt als das Krankenhaus. Wenn sie in sich hineinhorchte, konnte Bo sie sogar sehr gut verstehen. Tränen stiegen in ihr hoch. Aber hätten sie nicht noch etwas länger zusammenarbeiten können? Ein Jahr noch oder so?

KAPITEL
Sieben

Kim

DIE LAUE LUFT streichelte ihr Gesicht, als sie vom Ufer des Sees aus den Sonnenuntergang betrachtete. Überall waren Pärchen unterwegs, und auch auf dem Campingplatz saßen scheinbar alle zu zweit vor ihren Zelten und Fahrzeugen. Kim bereute es, Bo zurückgelassen zu haben. Sie versuchte, zu sich selbst zu finden, und es gelang ihr, indem sie sich systematisch selbst Fragen stellte.

Wäre ich jetzt lieber woanders? Nein. Kim hatte sich auf das Wochenende gefreut. Und sie hatte sich auf Bo gefreut.

Was steht meinem Glück im Weg? Sie selbst war es mit ihrem Frust.

Wäre es besser, ich wäre jetzt allein? Nein. Sie wollte das Wochenende mit Bo verbringen.

Dann gab es nur zwei Möglichkeiten: Entweder man blendete das Thema rigoros aus, oder man redete so lange darüber, bis es geklärt war, auch wenn es das ganze Wochenende in Anspruch nehmen würde. Aber so war das nun mal in einer Beziehung. Man konnte Probleme eben nicht so einfach auf Knopfdruck ausschalten oder die Auseinandersetzung hinauszögern. Kim seufzte. Bo hatte recht. Und sie war so süß und sprach ihre Gedanken ehrlich aus. Darin unterschied sie sich von Lea. Ihre frühere Beziehung zu der Malerin Lea Malika Röhn war nicht so kommunikativ gewesen, sondern hatte sich durch guten Sex, Spaß und zügelloses Abfeiern ausgezeichnet. Mit ihr hätte es eine solche Situation natürlich nicht gegeben.

Eigentlich hätte Kim schon viel früher merken müssen, dass es Lea nie darum gegangen war, eine dauerhafte Beziehung mit ihr zu führen. Sie hatte Spaß gesucht, und wenn sich in New York eine Chance auftat, so wollte sie ihren Spaß eben woanders und mit jemand anderem erleben. So einfach war das. Eine ernsthafte Beziehung zu führen, hieß aber, auch die unangenehmen Gefühle gemeinsam zu bewältigen.

Für Bo war Kims Entscheidung, in die Patisserie einzusteigen, ein Schock gewesen. Kims Job war es jetzt, an Bos Seite zu stehen und sie nicht alleinzulassen, nur weil sie gerade frustriert war. Mit diesem Gedanken ging sie weiter am Ufer entlang. Ihre Schritte beschleunigten sich, je mehr sich der Gedanke in ihr manifestierte. Sie wollte zurück.

Als sie zum Stellplatz zurückkehrte, war es völlig dunkel. Aus den vier Wohnmobilen schien behagliches Licht. Auch aus dem Bulli drang noch der Schimmer der oberen Leselampe. Bo war also noch in ein Buch vertieft. Der Gedanke gefiel ihr, hatte er doch etwas völlig Alltägliches und Gemütliches an sich.

Behutsam öffnete sie die Schiebetür, stieg ein und schloss sie wieder sorgfältig. Es roch nach Himbeerbonbons. Und das nach dem Zähneputzen.

»Hallo«, hörte sie Bo kleinlaut sagen. »Bist du wieder hier? Wie war's?«

»Sehr schön. Die Luft ist noch lau. Hier am Ammersee hat es mir das letzte Mal schon gut gefallen.«

»Ja, mir auch«, bestätigte Bo. Sie machte eine Pause, bevor sie gestand: »Es fühlt sich sehr einsam an so allein hier oben.«

Kim schälte sich aus Hose und Fleece und legte sich neben sie.

Bos schuldbewusster Blick begegnete ihr. »Es tut mir leid«, sagte sie. »Ich glaube, mein Einwand kam zur falschen Zeit.«

Kim ging nicht darauf ein. »Was liest du da?«

»Einen Münchner Regionalkrimi.«

»Ah! Und? Wie ist er?«

»Ganz gut. Vielleicht etwas langatmig.«

Kim nestelte sich in eine bequeme Position und zog ebenfalls ihren E-Reader aus dem kleinen Staufach. So weit war es also schon gekommen, dass sie nebeneinanderlagen und lasen. Sicher kam der Zeitpunkt bei jedem Paar irgendwann, aber nach so wenigen Wochen hätte sie das noch nicht vermutet.

Vielleicht dachte Bo etwas Ähnliches, denn sie fragte: »Darf ich mich zu dir kuscheln?«

»Wenn du möchtest«, antwortete Kim und nahm sich fest vor, es auf keinen Fall als Auftakt für mehr zu interpretieren.

Bo schmiegte sich an sie in ihrer typischen Art, wie sie es schon so oft getan hatte. Die Berührung ließ alle destruktiven Gedanken in den Hintergrund treten. Bos Nähe tat einfach gut. Ohne es zu wollen, sog sie sehnsüchtig ihren Duft ein, diese vertraute Mischung aus ihren Kosmetikartikeln und ihrem eigenen Geruch. Es löste den Wunsch nach mehr aus. Sie konnte es gar nicht unterdrücken.

Doch Bo schien zufrieden. Sie lag auf der Seite, das Gesicht von ihr abgewandt und las. So lange, bis sie sagte: »Ich glaube, mir fallen gleich die Augen zu. Ich mach mein Licht aus. Gute Nacht! Wann müssen wir morgen aufstehen?«

»Kurz vor acht wird reichen. Um neun treffen wir uns in Stegen.«

»Müssen wir einen Wecker stellen?«

»Nein, ich werde auch so wach«, antwortete Kim und war sich in diesem Moment unsicher, ob sie überhaupt einschlafen würde. Sie war nicht müde, aber zum Reden hatte sie auch keine Lust mehr. Nicht mehr heute.

Es dauerte nicht lange, da hörte sie Bos regelmäßigen Atem. Sie war in ihrer Nähe ratzfatz eingeschlafen. Kim fühlte sich an ihre erste gemeinsame Nacht im Camper erinnert, als sie sich an ihr aufgewärmt hatte. Auch jetzt hatte sie keinerlei Vorbehalte, was die körperliche Nähe zu Bo betraf. Im Gegenteil. Kim lauschte ihrem Atem, fühlte ihre Wärme und wurde mit der Zeit selbst schläfrig.

Morgen wäre ein neuer Tag mit neuen Abenteuern und gemeinsamen Herausforderungen. Das war ihr letzter Gedanke.

KAPITEL

Acht

Bo

Um kurz nach neun begrüßte sie ein Mann namens Volker am Ufer des Ammersees. Nach einem hastigen Frühstück tat es gut, ihm in seiner ruhigen und ausführlichen Art zuzuhören, wenn auch manches für Bo und Kim bereits Wiederholung war. Er begann mit Paddel- und Fahrtechniken am Fluss, verlor sich etwas in der Strömungslehre, und dann war der Theorieteil endlich abgeschlossen.

Jeder durfte sein Kajak zu Wasser lassen, Platz nehmen, den Spritzschutz schließen und sich ein paar Meter vom Ufer abstoßen. Dann übten sie das Kentern. Das sah recht kriminell aus, und so früh am Morgen war es für Bo beinahe etwas zu viel. Wer wollte um diese Uhrzeit schon kopfüber ins Wasser tauchen?

Kim meisterte es beim ersten Versuch. Sie drehte sich seitlich, ging unter und tauchte kurz darauf auf der anderen Seite des Kajaks wieder auf.

»Bravo! Ganz fantastisch!«, rief Volker begeistert. Er stand neben ihrem Kajak hüfthoch im Wasser, bereit, sie jederzeit wieder nach oben zu drehen, falls ihr der Ausstieg nicht gelingen sollte. Bei ihr eine übertriebene Vorsichtsmaßnahme. Wie hatte sie es nur geschafft, so schnell den Spritzschutz zu lösen? Hoffentlich gelang Bo das ebenfalls. Sie kam als Letzte dran, als alle anderen ihre Fähigkeiten als Kanuten schon unter Beweis gestellt hatten.

»Komm schon! Du schaffst das!«, feuerte Kim sie an.

Wie nett. Kam es Bo nur so vor, oder war sie bemüht, sich ihre Enttäuschung von gestern Abend nicht anmerken zu lassen? Es war ihr nicht geglückt, den Mund zu halten, und so hatte sie die ganze Romantik zwischen ihnen zerstört. Aber wie sollte sie sich für etwas begeistern, das sie überhaupt nicht wollte? Kim würde kündigen und ihren Aufhebungsvertrag unterschreiben. Schon am Montag oder Dienstag. Diese Endgültigkeit versetzte ihr trotz aller Einsicht der Notwendigkeit einen Stich und schmälerte ihre Abenteuerlust erheblich. Sie versuchte, sich umso mehr auf Volker zu konzentrieren, lächelte dem netten Pärchen zu, das zusammen mit ihnen und zwei weiteren Personen die Feinheiten des Paddelns lernte.

»Ich weiß jetzt, warum Errat und Ben keinen Spaß am Wildwasserfahren hatten. Ihnen fehlen einfach die Voraussetzungen«, sagte Bo am Abend zu Kim. »Errat mit seinen geregelten Arbeitsabläufen in der Pathologie oder Ben mit seinen HNO-Operationen. Die haben weniger Stress und kaum mal einen Notfall. Wir hingegen sind es gewohnt, auch im Chaos einen kühlen Kopf zu bewahren und effizient und rasch zu handeln. Wir arbeiten beide …« Sie brachte ihren Satz nicht zu Ende. »Sorry, ich wollte nicht wieder damit anfangen.«

Kim antwortete nicht, verzog lediglich das Gesicht zu einem Ausdruck zwischen Nachsicht und Resignation.

»Ich könnte damit doch recht haben, oder?«, meinte Bo.

»Vielleicht hat es wirklich etwas damit zu tun«, stimmte Kim nach kurzer Überlegung zu. »Wir beide haben uns eine sehr schnelle Motorik antrainiert.« Sie startete den Motor und fuhr zum Eingang des Campingplatzes. »Jetzt muss ich also aufpassen, dass ich nicht schlechter werde, wenn ich anfange, im Café zu arbeiten«, schob sie hinterher.

Bo schluckte eine Erwiderung herunter und wechselte das Thema. »Ich kann reingehen und uns anmelden, wenn du möchtest«, sagte sie, als Kim vor dem Kiosk anhielt.

»Wenn du willst, gerne. Nimm irgendeinen Platz am Rand, wo wir unsere Ruhe haben.«

»Das sowieso«, bekräftigte Bo und verschwand.

Kim wartete. In der Regel ging sie zur Anmeldung, manchmal gingen sie auch gemeinsam. An diesem Wochenende lief alles anders.

Es dauerte volle zehn Minuten, bis Bo zurückkehrte. »Auf der Terrasse gibt es Aperol«, bemerkte sie nebenbei, als sie einstieg.

»Was heißt das? Dass du nachher zurückkommen möchtest?« Kim zog die Augenbraue hoch.

»Vielleicht?«, antwortete Bo.

Kim lachte darüber.

»Fahr immer geradeaus und an der letzten Abzweigung nach links. Da haben wir den letzten Platz in der Reihe.«

Kim fuhr in Schrittgeschwindigkeit vorbei an Familienzelten, Bussen und sogar einigen festen Holzhütten, die urgemütlich aussahen.

»Irgendwie ist mir kalt nach dem ganzen Tag im Wasser.« Bo schlang die Arme um den Oberkörper.

»Jetzt erst mal eine heiße Dusche, und dann essen wir etwas«, schlug Kim vor.

Sie hatten zu Mittag nur von zwei kleinen Sandwiches gelebt. Für einen solch energieverbrauchenden Sporteinsatz war das zu wenig. Ihnen beiden knurrte der Magen.

»Gute Idee«, sagte Bo rasch und hoffte, der heutige Abend würde harmonischer verlaufen als der letzte. Es musste nicht gleich ein Candle-Light-Dinner sein, aber etwas in die Richtung wäre schon gewesen. Sie nahm sich fest vor, heute nicht über die Zukunft zu reden.

Der Stellplatz lag idyllisch am Rand des Geländes und gab ihnen das Gefühl, allein zu sein.

»Dafür ist der Weg zum Klo und zu den Duschen ganz schön weit. Aber war doch trotzdem okay, oder?«, fragte Bo.

»Klar. Einen Tod müssen wir sterben. Und genau gegenüber von den sanitären Anlagen zu stehen und alles mitzubekommen, ist auch nicht der Brüller.«

Sie parkten den Bus, fuhren die Markise aus und stellten Tisch und Stühle auf. So würden sie beim Essen genau auf den See blicken.

»Echt schön«, seufzte Bo. »Was soll ich tun?« Für einen kurzen Moment war sie versucht, vorne im Restaurant zu fragen, ob sie die Pommes in einem Öl frittierten, in das kein paniertes Schnitzel oder Ähnliches kam, damit sie eine Kontamination ausschließen konnte. Aber sie hatten so viel frisches Gemüse gekauft, dass allein der Vorschlag eine Sünde gewesen wäre.

War es Bens Abwesenheit geschuldet, dass sie sich etwas Vegetarisches kochten? Kim schickte Bo los, Gemüse und Salat zu waschen, und so war jede wieder in ihrer festen Rolle.

KAPITEL
Neun

Kim

Solange sie weg war, suchte Kim Kräuter und Zutaten zusammen. Wieder bemerkte sie, dass ihr die Arbeitsfläche fehlte, um die Kräuter zu hacken. Immer musste man irgendetwas wegräumen, um Platz zu schaffen. Und auch die Kühlbox erschien ihr mit jedem weiteren Ausflug zu klein. Im Bulli zu kochen war natürlich nicht ganz einfach. Das System war ausgelegt auf schnelle Campingküche: Spaghetti mit Soße, fertig. Aber das war ihr zu wenig. Wo war denn noch der Korb mit dem Gemüse vom Markt? In die Kühlbox hatte er nicht mehr reingepasst. Ah, richtig, im Kofferraum. Sie lief um den Bus herum, öffnete die Heckklappe, schob Jacken und Decken auf die andere Seite, zog den Korb hervor und nahm ihn mit nach vorn. Sie kochte Pellkartoffeln, putzte Brokkoli, Möhren und eine Handvoll Buschbohnen. Dann schnitt sie Zwiebeln und Knoblauch klein. Eine größere Küchenzeile wäre nicht schlecht.

Irgendwie hatten sich ihre Prioritäten verändert. War der Bulli zu Anfang als Begleiter für einen unbeschwerten Wochenendurlaub gedacht gewesen, kristallisierten sich jetzt, zusammen mit Bo, seine Defizite heraus. Sicher war der Bulli gerade wegen der kompakten Maße praktisch und alltagstauglich. Er passte in jede Parklücke, zumindest in fast jede. Aber wenn sie immer selbst kochen wollten, bot die Küchenzeile zu wenig Platz, und der Stauraum war für Küchengeräte und Vorräte zu klein.

Das Läuten ihres Handys unterbrach ihre Gedanken. »Ben« stand auf ihrem Display.

»Hallo«, sagte sie kurz angebunden.

»Hi! Na, wo seid ihr abgeblieben?«, fragte Ben, der gute Laune zur Schau trug.

»An der Ammer, beim Wildwasserkurs. Für jeden das Passende«, konnte sie sich nicht verkneifen hinterherzuschieben.

»Jetzt sei nicht so nachtragend. Nur weil ich deine Pläne etwas in Abrede gestellt habe.«

»Es war ein Fehler, euch überhaupt davon zu erzählen. Irgendwie hatte ich geglaubt, eine Selbsthilfegruppe wäre dem Thema gegenüber aufgeschlossen, aber da habe ich mich offenbar getäuscht.«

»Na ja, ganz so ist es ja nun auch wieder nicht. Wir redeten ja darüber.«

»Das war kein Austausch Ben, sondern ein Abwatschen, und von euch hätte ich mir gewünscht, ihr könntet meine Meinung stehen lassen. Aber Bo und ich sind sowieso der Meinung, dass es an der Zeit ist, unsere Gruppe wieder aufzulösen. Ich denke, jeder von uns hat auf seine Weise wieder Fuß gefasst, und das ist gut so. Es gibt keinen Grund mehr, warum wir uns noch regelmäßig treffen sollten.«

»Ja, vielleicht«, sagte Ben schließlich, als müsste er noch darüber nachdenken. »Es war ja sowieso eine Selbsthilfegruppe für Klinikmitarbeiter. Das hat sich bei dir ja dann erübrigt.«

WOM! Die nächste Klatsche!

Als Kim beharrlich schwieg, fuhr er fort: »Ich soll dich

von Carla grüßen. Sie kommt gerne mal vorbei, in dein neues Café.«

»Nett von ihr, danke.« Kim wollte das Gespräch schon beenden, doch Ben redete ganz unbedarft weiter.

»Wir haben heute eine kleine Runde gedreht, sind mit dem Bötchen gefahren, haben Eis gegessen. Alles, was eben so Spaß macht.«

»Dann wünsche ich euch noch ein erholsames Restwochenende, und grüß die anderen von mir.«

»Tschüss!« Ben klang erleichtert.

Kim kam der Verdacht, dass der Anruf auf Carlas Initiative hin stattgefunden hatte. Sie legte das Handy weg und schüttelte den Kopf. *Was für ein Loser!*

»Wo soll ich es hinstellen?«, platzte Bo in ihre Überlegungen hinein.

»Das frage ich mich auch. Hier ist einfach zu wenig Platz«, murmelte Kim noch halb in Gedanken.

»Was?«, fragte Bo irritiert.

»Stell alles draußen auf den Tisch.«

»Ich dachte, ich deck den jetzt. Ist das nicht mehr mein Job?«

»Jetzt noch nicht. Jetzt ist das noch deine Arbeitsfläche, um den Salat kleinzuschnippeln.« Sie drückte Bo ein Messer und ein Holzbrettchen in die Hand. »Hier, mach mal.«

»Aye, aye!«, sagte Bo. »Ich habe das nette Paar wiedergetroffen, das heute im Kurs dabei war. Sie sind auch auf dem Campingplatz und haben einen knallorangenen Bus. Der sieht echt witzig aus.«

»Wo stehen sie?«

»Genau gegenüber der Spülküche.«

»Ach, also mitten im Gewimmel?« Kim sah nach draußen und grinste.

Bo lachte. »Kann man so sagen.«

»Was haben die für einen Bus?«, fragte Kim interessiert.

»Keine Ahnung. Er ist etwas größer als unserer. Auch mit Aufstelldach und so.«

»So, so«, sagte Kim nur und verschwand wieder zu ihren zwei Kochfeldern. Ein anderer Bus würde auch nicht mehr Komfort bieten. Vielleicht sollte sie sich ein kleines Wohnmobil ansehen, unter sechs Metern Länge. Das war doch auch kompakt genug, aber eben nicht alltagstauglich. Nun, genau genommen brauchte sie kein Auto mehr. Ab nächsten Monat konnte sie mit dem Fahrrad zur Arbeit fahren. Von ihrer Wohnung bis zur Altstadt waren es gerade mal zwei Kilometer. Und die Einkäufe konnte sie gleich auf dem Markt oder in den Läden der Innenstadt erledigen. Ein Glücksgefühl durchfuhr sie. Schade, dass sie ihre Freude noch nicht mit Bo teilen konnte. Sie würde es noch eine Weile für sich behalten, zumindest so lange, bis sich Bo von ihrem Schock erholt hatte.

»Haben sich Ben oder die anderen bei dir gemeldet?«, fragte Bo, als sie etwas später beim Essen unter der Markise saßen und auf den See blickten.

»Ja, gerade eben.«

»Und?«

»Gelaber«, sagte Kim abfällig. »Und das wahrscheinlich nur auf Druck von Carla.«

»Was hast du erwartet?«

Tja, was? Sie überlegte. »Sorry, mit mir ist mal wieder der selbstgefällige Macho durchgegangen«, schlug sie vor und lachte.

Bo nickte. »Ich schätze, die gemeinsamen Ausflüge sind fürs Erste vorüber.«

»Ja, wir haben uns darauf geeinigt, es bleiben zu lassen. Jedem von uns geht es auf seine Art wieder besser und jeder muss sehen, wie er zukünftig mit seiner Diagnose umgeht.«

Bo sah plötzlich nachdenklich aus. »Es ist nicht leicht zu akzeptieren«, sagte sie.

»Was?«

»Man hat es nicht mehr auf dem Schirm, dass du … Du machst immer so einen verdammt starken Eindruck. Ich kann Leute ein Stück weit verstehen, die denken, du könntest einfach so weitermachen, wo du doch über den Berg bist.« Bo sah etwas hilflos aus.

»Du trauerst, Bo, das ist alles.«

Kim schloss die Arme um sie, und Bo ließ sich in die Umarmung fallen. Es war genau diese Innigkeit zwischen ihnen, die Kim seit zwei Tagen vermisste.

»Ach Bo«, seufzte sie und atmete erleichtert auf.

»Ich verspreche dir, dass du machen darfst, was du möchtest. Ich werde nie wieder darüber meckern, okay?«

»Es tut dir einfach zu weh. Ich weiß es doch.«

Bo schniefte und machte sich sanft von ihr los. »Ich brauche ein Taschentuch.« Sie schnäuzte sich, während Kim ihr mit dem Blick folgte. Als Bo in ihre Arme zurückkehrte, küssten sie sich sehr lange und sehr zärtlich, bis Bo sagte: »Kim, du bist das Wichtigste in meinem Leben geworden. Ich möchte, dass du glücklich bist. Entschuldige, wenn ich das vergessen habe.« Wieder fanden ihre Lippen zueinander. Es weckte nicht nur in Kim Sehnsüchte, denn Bo fragte in ihrer typischen Art: »Essen wir zu Ende, oder gehen wir ins Bett?«

»Wolltest du nicht noch einen Aperol trinken gehen?«

»Stimmt, aber das können wir von mir aus auch auf morgen verschieben.«

»Na dann, essen wir zu Ende und machen uns bettfertig«, schlug Kim vor.

Sie wechselten einen kurzen Blick. Bo war einverstanden. Albern wie seit zwei Tagen nicht mehr zogen sie durch die Dunkelheit mit ihren Kulturtäschchen unterm Arm.

»Zum letzten Mal für heute«, sagte Kim in Anbetracht der Strecke bis zu den Toiletten. »Hoffentlich muss ich heute Nacht nicht gehen. Ich hätte weniger trinken sollen.«

»Wäre es dir lieber, du hättest ein eigenes Bad wie diese fahrbaren Wohncontainer, die gestern neben uns standen?«, fragte Bo geringschätzig.

»So etwas gefällt dir nicht?«

»Die sind doch total spießig. Ich liebe Campingbusse. Sag

nicht, dass du mit einem Wohnmobil liebäugelst!« Bos Augen wurden schmal, als wollte sie sagen: *Das nicht auch noch!*

»Nein, ich glaube nicht. Ich neide denen nur die größere Küche und das geräumigere Platzangebot.«

»Kim, bitte nicht zu viel Veränderung auf einmal. Ich brauche eine gewisse Stetigkeit im Leben.«

»Das einzig Stetige ist die Veränderung«, zitierte Kim.

Bo sah sie erschrocken an und öffnete den Mund, um etwas zu sagen.

Kim lachte. »War nur ein Witz. Ich habe nicht vor, den Bus für ein Wohnmobil einzutauschen. Du kannst dich entspannen.«

Bo kuschelte sich an sie, kaum dass sie es sich im Hochbett gemütlich gemacht hatten. Heute fühlte es sich anders an. Sie war ihr wirklich nahe – nicht nur körperlich. Da war wieder diese eine Wellenlänge, die sie beide spürten. Es gab Kim die Gewissheit, dass Bo für sie da war, selbst dann, wenn es ihren eigenen Wünschen widersprach. Es löste ein Gefühl in ihr aus, das sie bisher noch nicht empfunden hatte. Nicht in dieser Intensität und nicht mit dieser Leichtigkeit, die es in ihr hinterließ.

»Ich glaube, so fühlt sich Glück an«, sprach sie ihren Gedanken aus.

»Was?«, fragte Bo.

»So fühlt sich Glück an«, wiederholte Kim und schlang die Arme um ihren Hals.

Bo seufzte. »Du bist süß.« Ihre Lippen suchten und fanden sich, und Bo gab sie nicht mehr frei. Ihre Zunge streichelte zärtlich über Kims Lippen.

»Ich glaube, ich mag deine Zahnpasta mit Himbeergeschmack«, raunte Kim.

Bo gab ein kurzes Lachen von sich, küsste sie noch intensiver, ergriff die Initiative. Viel bedurfte es dazu nicht. Kim sehnte sich schon seit Tagen nach ihr. Sie zog Bo das Trägershirt über dem Kopf, machte bei sich dasselbe, strampelte sich die Shorts von den Beinen. Mehr Platz wäre kein Fehler. Sie lachten, als sie sich ins Gehege kamen, weil Bo sich ebenfalls von ihrer kurzen Hose befreien wollte.

»Warum ziehen wir uns eigentlich nicht aus, bevor wir ins Bett klettern?«, fragte Kim, als sie Bos Ellenbogen auswich.

»Weil es so viel spannender ist. Ich möchte selbst auspacken, was ich haben darf.«

»Ah«, begann Kim, wurde von Bos Lippen aber am Weitersprechen gehindert.

Sie sanken auf die Matratze, und Bo schob sich auf sie, drängte ihr Becken gegen Kims. Ab da sprach keine mehr ein Wort, und Kim genoss nur noch. Bos Bewegungen auf ihr, ihre Hände überall auf ihrer Haut. Sie schloss die Augen, spürte Bos Berührungen hinterher. Ihr war, als erwachte ihre Haut dort zum Leben, wo gerade noch Bos Hand gewesen war.

KAPITEL
Zehn

Kim

SICHER BRAUCHTE es für den Montag nach so einem Wochenende immer eine gewisse Überwindung. Aber wenn Kim gewusst hätte, was auf sie zukommen würde, hätte sie sich besonders gewappnet. Heike, ihre Teamleitung, hatte den Dienstplan für übernächsten Monat auch schon mit aufgehängt, und da fehlte ihr Name natürlich. So war für jedermann ersichtlich, dass sie gekündigt hatte, obwohl sie ihre Kollegen noch nicht darüber informiert hatte.

»Sorry«, sagte Heike, »aber ich muss die Pläne jetzt immer zwei Monate im Voraus aushängen. Wenn jemand nicht kann, muss man eben tauschen. Der Betriebsrat wollte es so. Das Team braucht mehr Planungssicherheit.«

»Und warum hast du mir das nicht im Vorfeld gesagt?« Kim wollte sich gar nicht ausmalen, was der Chef dazu sagen würde, wenn er es sähe. Eigentlich hatte sie vorgehabt, ihm erst ganz zum Schluss Tschüss zu sagen, und dann auch nur äußerst beiläufig. Aber das ging nun nicht mehr. Er würde den Plan lesen und sie darauf ansprechen. Schade! Das hieß, dass sie noch tage- oder wochenlang seiner schlechten Laune ausgesetzt sein würde. So hatte sie sich das nicht vorgestellt.

Bo hatte denselben Gedanken, als sie einen langen Blick auf das Schwarze Brett warf. »Oh Shit«, raunte sie Kim leise zu. »Muss diese Regelung ausgerechnet jetzt in Kraft treten? Ich hätte dir gewünscht …«

»Ich mir auch«, unterbrach sie Kim. Frustriert ließ sie ihre Freundin stehen und machte sich daran, ihre Sets für die heutigen OPs zusammenzustellen.

»Ruf mich an, wenn es irgendwas Neues gibt. Bitte!«, hörte sie Bo hinter ihrem Rücken sagen.

Wenn der Chef das mit der Kündigung spitzkriegte, würde ein schreckliches Theater über sie hereinbrechen. Kim verstand, dass Bo ihr beistehen wollte. »Jaja«, versprach sie.

Bo würde heute nach Dienstschluss nicht zu ihr kommen. Jede von ihnen hatte zu tun: einkaufen gehen, die Wohnung in Schuss bringen, Wäsche waschen. Planmäßig würden sie sich erst morgen nach der Arbeit wieder treffen. Bo wollte zu Kim kommen und über Nacht bleiben. Ob es vorher schon Neuigkeiten geben würde? Auf alles gefasst betrat Kim den auf dem Plan ausgewiesenen Saal und begann, den Tisch für die bevorstehende Operation einzudecken.

Die Kollegin, die ihr den sterilen Kittel am Rücken zuband, fragte: »Hast du übernächsten Monat Urlaub oder hat Heike vergessen, dich aufzuführen?«

»Keins von beidem«, entgegnete Kim ungerührt.

»Kim, sag nicht, du hast gekündigt!« Der Schreck stand ihr ins Gesicht geschrieben.

Das war genau das, was Kim am allerwenigsten brauchen konnte. »Kein Thema für jetzt, ja?«

Ihre brüske Erwiderung war Antwort genug, und die Kollegin schwieg. Die Betroffenheit war ihr anzusehen, und Kim wusste ab dem Augenblick: Ihr stand ein quälend langer Monat des Abschieds bevor.

Der Chef bekam nichts mit. Noch nicht. Für ihn war es ein ganz normaler Montag. Seine Laune war wie üblich noch übler als an den anderen Werktagen. Aber nach Feierabend musste ihn irgendjemand darauf aufmerksam gemacht haben, dass seine Assistentin für den nächsten Monat nicht mehr auf dem Plan stand.

»Was ist los? Haben Sie die Pferde gewechselt? Fangen Sie in München an?«, fragte er sie bissig am nächsten Morgen.

Kim war darauf gefasst gewesen. Trotzdem spürte sie, wie ihre Knie weich wurden. »Wie kommen Sie auf München?«

»Na, die werte Kollegin hat sie doch abgeworben.« Seine eisblauen Augen schienen Kim durchbohren zu wollen. Mit der Kollegin meinte er Frau Doktor Pöhler, die Chirurgin, die an ihrer gemeinsamen Studie teilgenommen hatte. Chefarzt Doktor Thorsten Herz hasste sie dafür, weil sie besser war als er, und vermied es, sie beim Namen zu nennen. Kim musste sich zusammenreißen, um ruhig und gelassen zu bleiben.

»Niemand hat mich abgeworben. Wie kommen Sie darauf?« Sie richtete weiter ihr Besteck und beobachtete aus den Augenwinkeln, wie sich die andere Kollegin im Saal zurückzog. Seine Ausbrüche waren für alle unangenehm.

»Tun Sie nicht so scheinheilig! Ich krieg es sowieso heraus. Oder meinen Sie, innerhalb der Kliniken gibt es Geheimnisse?«

Kim zuckte mit den Schultern.

»Wer tritt Ihre Nachfolge an? Warum wurde ich nicht davon unterrichtet?«

Wieder zuckte Kim mit den Schultern. »Diese Frage müssen Sie unserer Teamleitung stellen. Sie wissen doch, wo sie zu finden ist.«

»Das ist eine Unverschämtheit!«, brüllte der Chef los. »Was ist das für eine Arbeitsmoral? Was fällt Ihnen ein, sich ohne ein Wort davonzuschleichen und niemanden darüber zu informieren?«

Der Assistenzarzt, der gerade den Saal betreten wollte, zögerte und blieb auf der Schwelle stehen.

»Alle entscheidenden Stellen sind informiert«, widersprach Kim etwas lahm. Eigentlich war sie ihm keine Rechenschaft schuldig, und doch rechtfertigte sie es. Überhaupt nahm die Schwäche in ihren Knien zu, und wenn sie ehrlich war, hätte sie den Saal jetzt gerne verlassen. Sie konnte ihn und seine Ausbrüche kaum mehr ertragen.

Es war der Narkosearzt, der ihr zu Hilfe kam. »Jetzt ist aber mal gut, ja?«, sagte er deutlich vernehmbar. »Unsere Patientin ist schon im Vorraum, wir sind dabei, die Anästhesie einzuleiten. Wenn jetzt mal bitte Ruhe einkehren würde und sich alle auf ihre Arbeit konzentrieren könnten.«

Die Blicke der beiden Ärzte kreuzten sich. Es war leicht zu erkennen, dass sie sich nicht mochten.

»Wer redet denn mit Ihnen?«, blaffte der Chef ein letztes Mal.

Man ließ es unkommentiert, und so entspannte sich die Atmosphäre wieder. Mit dem Erscheinen der Patientin nahm alles seinen gewohnten Gang. Das eingespielte Team übernahm seine Rollen, wenn auch deutlich betretener als im Normalfall.

Ja, sie hatte genug von ihm. Jetzt, wo ein Ende absehbar war, konnte Kim es sich eingestehen. Sie ertrug ihn nicht länger und war froh, ihn bald nicht mehr sehen zu müssen.

Die Operation dauerte lange, verlief aber ohne besondere Vorkommnisse. Der Chef verließ anschließend den Saal, und Kim entschloss sich, auch eine kurze Pause einzulegen. Ihre Knie hatten zwar während der gewohnten Routine zu ihrer Kraft zurückgefunden, aber eine Tasse Kaffee im Aufenthaltsraum würde ihr jetzt guttun.

Sie hatte schon beinahe damit gerechnet, von Heike, ihrer Teamleitung, abgefangen zu werden. Der lautstarke Dialog war schließlich nicht ungehört geblieben. Aber Heike war offensichtlich beschäftigt, was das Gebrüll, das durch die Bürotür des Chefs drang, vermuten ließ. Auch gut. Es musste nicht immer sie treffen. Sie schenkte sich eine Tasse Kaffee ein, während sich eine Kollegin zu ihr gesellte. Ihr Blick sagte alles. Es hatte sich bereits herumgesprochen.

»Tut mir leid, dass du immer dein Fett abkriegst«, sagte sie.

Früher hätte Kim noch abgewunken oder einen Witz darüber gemacht. Heute war sie nicht mehr in der Lage dazu. »Mir auch«, sagte sie also nur und führte die Tasse an die Lippen.

»Du hast gekündigt?«

»Ja.«

»Wegen ihm?«

»Nein.«

»Und wo gehst du hin?« Eine naheliegende Frage, die sie aber nicht jedem einzeln beantworten wollte.

»Sag ich euch bei meinem letzten Mitarbeiter-Meeting.« Kim verzog die Mundwinkel zu einem Lächeln. Sie hatte weder die Lust noch die Kraft, jeder Kollegin persönlich ihre beruflichen Pläne mitzuteilen.

Die andere nickte. »Ja, schon gut. Ich wollte nur …« Sie ließ ihren Satz unfertig in der Luft hängen, nahm sich auch eine Tasse Kaffee und setzte sich auf einen der vielen Stühle. »Es gibt ja auch schönere Jobs als hier bei uns.« Sie seufzte und streckte die Beine von sich. »Oh, mir tut heute alles weh. Wenn ich meine Tage habe, fällt mir das lange Stehen echt schwer.«

»Trag Kompressionsstrümpfe«, riet ihr Kim. Sie trank aus, ging auf die Toilette, kehrte in den Saal zurück und deckte für die nächste OP ein.

Heute Abend würde Bo kommen und sie würden sich einen gemütlichen Fernsehabend machen. Ein Gedanke, der ihr offenbarte, wie sehr sie sich nach diesem ganz alltäglichen Leben sehnte.

Irgendwie brachte sie ihren Arbeitstag hinter sich. Der Chef ließ sie seinen Unwillen deutlich spüren, indem er bei jedem zweiten Handgriff etwas zu meckern hatte. Aber irgendwann war auch der letzte Eingriff vorüber und Kim packte zusammen, ohne dass sie beide noch ein Wort miteinander wechselten.

Heike passte sie ab, als sie ihr Besteck zur Sterilisation brachte.

»Tut mir leid.«

Warum sagten eigentlich alle dasselbe? »Mir auch«, erwiderte sie also zum wiederholten Mal.

Heike warf ihr einen prüfenden Blick zu. »Der fängt sich schon wieder.« Es klang, als müsste sie es sich selbst einreden.

»Sind ja nur noch zweiundzwanzig Tage«, bemerkte Kim trocken.

»Ich kann ab und zu für dich einspringen oder jemand anderen für dich einteilen.«

»Tu das.«

Heike wirkte überrascht. Sie hatte wohl nicht damit gerechnet, dass Kim ihr Angebot annehmen würde. Aber zwanzig Tage lang so ein Theater musste sie sich wirklich nicht antun. Sie nickte ihr zum Abschied zu und ging sich umziehen.

Als sie in ihrem Bus saß und nach Hause fuhr, war ihr, als würde ihr das Lenkrad Halt geben. Sie konnte nicht erwarten, Bo zu sehen. Den ganzen Tag über waren sie sich nicht über den Weg gelaufen.

KAPITEL Elf

Kim

Bo war schon da, als sie die Wohnungstür öffnete. Sie hörte leise Musik im Wohnzimmer. Jazz. Es roch nach Tee. So fühlte es sich also an, nach Hause zu kommen. Kim schlüpfte voller Vorfreude aus ihren Schuhen.

»Hi! Bist du schon da?«, rief sie auf dem Weg ins Wohnzimmer.

Und da lag sie! Bo fläzte auf dem Bauch auf ihrem Sofa. Als sie sie kommen sah, legte sie das Buch aus der Hand.

»Ich brauchte echt 'ne Pause. Mein Tag war so anstrengend«, sagte sie.

Kim lachte auf. Sie hatte also nicht mitbekommen, wie *ihr* Tag gelaufen war. Auch gut. Wenigstens musste sie dann nicht darüber reden. »Du Arme! Erzähl!« Sie holte sich auch eine Tasse, setzte sich zu ihr und goss sich Tee ein. »Und? Ich höre!«

»Boah, die nervt echt!« Bo erzählte ihr von einer Kollegin, die sie seit kurzer Zeit mobbte, von Ärzten, die ihr nicht genau sagten, was sie haben wollten, aber alles, was sie anreichte, kritisierten. Alles war schrecklich und die Welt war ungerecht.

Als sie fertig war, küsste Kim sie auf die Stirn und lächelte. »Lass dir bloß nichts gefallen!« Dann stand sie auf. »Ich koch uns was Feines, ja? Ach, ganz nebenbei: Wann bekommst du eigentlich deine Periode?«

Auf dem Weg in die Küche lächelte sie in sich hinein und lauschte dem Schweigen im Wohnzimmer, bis Bo schließlich einräumte: »In zwei Tagen. Mist, ich hab PMS. Das ist es.«

»Und du bist süß!«, rief Kim aus der Küche.

»Ach ja?«, fragte Bo, stand auf, folgte ihr und lehnte sich in den Türrahmen. Sie lächelte. »Und weißt du, was in den Tagen vor meiner Periode noch so hormonell abgeht?«

»Was denn?«

Bo kam näher. »Ich habe total Lust auf Sex.«

»Oh!« Kim legte das Messer aus der Hand, mit dem sie gerade die Aubergine hatte anschneiden wollen. Sie überlegte nur kurz. Eigentlich hatte sie sich auf ein ausgiebiges Essen gefreut, aber das konnte man verschieben. »Dann lassen wir das mit dem Kochen?«

Bo schlang die Arme um sie, schob ihr Becken gegen Kims, schmiegte sich an sie. Ihre Hände hatten den Weg unter das Shirt schon gefunden. »Vielleicht nachher?«

Kim fühlte die Wärme ihrer zarten Hände – das schönste Gefühl des heutigen Tages. »Natürlich lässt sich Kochen verschieben«, sagte sie. Zärtlichkeit war genau das, was ihrer geschundenen Seele jetzt guttun würde. Zärtlichkeit und Sex.

Sie ließ sich von Bo ins Schlafzimmer schieben. Hier war es kühler, die Rollos waren halb geschlossen. Es roch nach Lavendel von den Duftsäckchen im Schrank. Gemeinsam sanken sie auf die seidene Tagesdecke. Kims Magen knurrte etwas, aber der Appetit nach Sex war tatsächlich größer.

Bo war wirklich anders. Sie forderte Kims Dominanz geradezu ein. Kim kam dem ohne Zögern nach. Ja, im Bett hatte sie gerne die Zügel in der Hand, vielleicht weil sie sich tagsüber immer nach anderen richten musste. Spontan entschied sie sich für ein Harness, schnallte es sich mit geübten Griffen um, wählte den kleinsten Dildo. Ohne langes Vorspiel drang sie in Bo ein.

»Oh, ist das geil!«, entfuhr es Bo.

Ihr Körper spannte sich an, ließ sich in jeden Stoß fallen. Kim gefiel ihre hingebungsvolle Art. Es machte sie an, natürlich. Ohne dass sie es vorgehabt hatte, stieß sie kräftiger, dachte für einen kurzen Moment noch an einen Stellungswechsel, unterließ es aber. Bo hatte in so kurzer Zeit schon ein Erregungsniveau erreicht, das zum Ziel gebracht werden wollte. Also genoss Kim mit ihr die letzten paar Meter. Ihre Hände strichen über Bos Bauch, ihre Brüste. Normalerweise konnte sie sie fester anfassen, aber nicht mit PMS, da waren Bos Brüste sehr empfindlich. So viel hatte sie schon gelernt.

Bo kam vehement. Als ihr Inneres kontrahierte, spritzte Kim etwas Warmes entgegen. Bo gab einen gurgelnden Laut von sich. Als Kim auf sie sank und liegen blieb, fühlte sie das angestrengte Klopfen ihres Herzens. Sie blieben eine Weile so, bevor Kim ihr Becken anhob und der Dildo aus ihrer Liebsten herausglitt. Kim sank an Bos Seite, strich das lange Haar zurück, küsste ihre Schultern. Bo hatte den schönsten Rücken, den sie je gesehen hatte. Zärtlich umspielte ihr Finger die einzelnen Muskeln, die sich deutlich unter der Haut abzeichneten.

»Brauchst du eine kurze Pause oder machen wir weiter?«, fragte Kim leise. »Ich fühle mich, als hätte ich gerade mal das Warm-up hinter mir.«

»Was du nicht sagst.« Bo konnte jetzt sicher den Dildo fühlen, der gegen ihren Po drückte.

»Ich liebe es, dich zum Höhepunkt zu bringen.«

»Ach, ja? Dann mach es doch noch mal.« Bo kicherte ins Kissen.

Rasch ging ihr Lachen in ein Aufstöhnen über, als Kim der Aufforderung nachkam. Diesmal ließen sie sich mehr Zeit. Kim bewegte sich sanft, beinahe tänzerisch. Der Dildo drang tief ein und glitt wieder ein Stück heraus, um erneut in sie zu stoßen. Sie hatten alle Zeit der Welt. Nichts störte, niemand nervte. Es gab nur sie beide und das Sich-Treiben-Lassen in ihren Gefühlen. Entspannend und spannend zugleich. Hatte sie Sex mit einer Frau jemals so innig empfunden?

»Bo«, hauchte Kim wie in Trance.

Bo antwortete nicht, stöhnte nur. Ihr Rhythmus zog an, und Kims Bewegungen wurden konkreter. Beim zweiten Mal kamen sie gemeinsam. Zum Ersten, weil Bos Erregung auf Kim übergesprungen war, und zum Zweiten, weil der kleine Ausläufer des Dildos auf wunderbare Weise seinen Dienst tat und sie an genau der richtigen Stelle stimulierte. Es zahlte sich eben aus, sich entsprechend seiner Anatomie mit Toys aller Art und deren Anwendung auseinanderzusetzen. Das hatte sie in der Zeit mit Lea sehr intensiv getan. Jetzt erschien es ihr wie eine notwendige Lehre, um den besten Sex der Welt mit der Frau zu erleben, die sie liebte.

»Es ist so wunderschön mit dir«, murmelte Kim erschöpft in Bos Armen. Beide waren wohlig abgekämpft.

»Es ist der Wahnsinn, wie du genau erfühlen kannst, was ich gerade brauche«, sagte Bo mit ihrer schlichten Offenheit, die Kim immer wieder verblüffte.

»Es gelingt mir immer besser.« Kim lachte. »So ist das, wenn man sich mit jedem Tag mehr kennenlernt.«

»Der Sex wird immer besser?«

»Na sicher.«

»Dann freue ich mich schon darauf, mit dir alt zu werden.«

Sie lachten.

Plötzlich sagte Bo: »Wollen wir irgendwann zusammenziehen?« Sie hob den Kopf, fixierte Kim unerwartet wach und aufmerksam.

Kim lächelte. »Natürlich.«

Auch sie hatte diesen Gedanken schon das eine oder andere Mal gehegt. Sie wollte den Sommer noch abwarten, nichts überstürzen. Dass Bo es nun als Erste thematisierte, freute sie.

»Die Wohnung hier, gehört sie dir, oder wohnst du zur Miete?«, hakte Bo nach.

»Sie gehört mir beziehungsweise noch zu einem Drittel der Bank«, antwortete Kim.

Bo sagte nichts mehr und legte ihren Kopf wieder auf Kims Schulter. »Soso«, murmelte sie nur.

Dann schwiegen sie, spürten noch ihrem Erlebten nach. Nicht mehr lange, dann war Bo eingeschlafen. Kim fühlte noch ein leises Knurren ihres Magens. Es war ihr egal. Kurz darauf fielen auch ihr die Augen zu. Heute war das Abendessen ausgefallen.

KAPITEL
Zwölf

Kim

Für Kim brachen anstrengende letzte Wochen an. Sie verrichtete ihre Arbeit unter den bissigen Bemerkungen des Chefs und erntete von Kollegen teils Verständnis, teils Ablehnung. Manche fühlten sich von ihr im Stich gelassen und ließen sie das auch spüren.

»Wie kannst du einfach gehen? Mit deiner Erfahrung und deinem Wissen! Hättest du das nicht früher sagen und ein paar von uns darauf vorbereiten können? Jetzt müssen wir versuchen, die Lücke zu füllen, die du hinterlässt«, hatte ihr eine Kollegin vorgeworfen, als sie ihr Ausscheiden publik gemacht hatte.

Ja, es passte nicht jedem. Sie war der Blitzableiter gewesen, und manche ihrer Kolleginnen hatten sich bisher komfortabel im Hintergrund halten können. Diese Zeiten waren hiermit vorbei, und das war gut so. Einen Moment lang dachte Kim sogar darüber nach, sich krankschreiben zu lassen und dem ganzen Laden den Rücken zu kehren. Aber mit so einem Ende hätte sie nicht leben können.

Bo war betroffen von der Reaktion mancher und drückte

dies auch so aus. Zum ersten Mal hielt sie in der Runde der Mitarbeiter mit ihrer Meinung nicht hinter dem Berg, sondern verschaffte sich auch gegenüber den Redegewandtesten Gehör. Sogar noch mehr.

»Das ist doch ein Armutszeugnis!«, rief sie eines Tages im Pausenraum ärgerlich aus. »Jetzt, wo ihr selbst Gefahr lauft, mit dem Chef eingeteilt zu werden, habt ihr die Traute, Kim noch Vorwürfe zu machen, nur weil sie kündigt? Ihr konntet euch doch all die Jahre wegducken, wenn es Ärger gab. Wie wäre es stattdessen mal mit einem Dankeschön?«

Ihre Augen blitzten auf. Wie sehr Kim diesen Blick an ihr mochte!

»Sie hat es ja auch entsprechend honoriert bekommen«, antwortete eine andere patzig. Ah, das war es also! Der Neid darüber, dass Kim ein wenig mehr Gehalt bekam als sie.

»Wisst ihr was? Ihr seid ein armseliger Haufen!«, erzürnte sich Bo.

Kim war schon drauf und dran, ihre Hand beschwichtigend auf Bos zu legen, doch Heike übernahm schon das Wort.

»Hey, das ist jetzt nicht fair! Du hättest dich auch jederzeit dazu hergeben können. Aber soweit mir bekannt ist, hat sich in den letzten Jahren niemand darum gerissen, für den Saal des Chefs eingeteilt zu werden, oder?« Sie sah provokativ in die Runde, und alle vermieden ihren Blick. »Na also! Das war es doch! Wir waren alle gottfroh, dass Kim den Job gemacht hat. Also haltet euch jetzt bloß mit blöden Bemerkungen zurück.« Selten hatte man Heike so ärgerlich gesehen. »Es tut mir leid«, sagte sie demonstrativ zu Kim. »Es gibt wohl ein paar im Team, die nicht wissen, was sich gehört.«

Kim antwortete nicht. Sie wollte kein Öl ins Feuer gießen, und so hinterließ ihr letztes Meeting eher ein Gefühl der Frustration als das eines harmonischen Abschieds. Nun gut, so war es eben.

Noch eine Woche lang hatten die Kollegen Zeit, ihr etwas liebevollere Worte mit auf den Weg zu geben. Noch sieben Tage! Kim zählte sie und konnte sich kaum vorstellen, wie es sein würde, diesen Mauern endgültig den Rücken zuzukehren.

Der Tag kam und Kim erschien es so, als verrichtete sie alles wie im Traum. Bo war auf ihren Wunsch hin die Nacht über nicht bei ihr gewesen. Sie wollte den ganzen Tag bewusst so ablaufen lassen, wie sie es in den letzten fünfzehn Jahren getan hatte. Aufstehen, duschen, anziehen – inklusive Kompressionsstrümpfe –, frühstücken, noch einmal ins Bad gehen, Wohnung verlassen und mit dem Bus zur Arbeit fahren.

Der Bus war das einzige Element, das erst kürzlich dazugekommen war. Sie hatte ihn nun seit vier Monaten. Er hatte ihr gute Dienste geleistet und war so etwas wie die Brücke zu ihrem neuen Leben geworden. Ein Leben, das aus mehr Bewegung in freier Natur und Abenteuern bestand. Der heutige Tag war eine Schwelle zu etwas Schönerem. Sie würde ihn überstehen. Das Schlimmste hatte sie bereits überstanden. Jetzt ging es nur noch um die letzten Eindrücke, die ihr im Gedächtnis bleiben würden.

Heike und die anderen begrüßten sie wie immer. Manche erinnerten sich, dass heute ihr letzter Tag war, und wünschten ihr schon mal alles Gute. Der Chef ließ sie bis zur letzten Stunde an seinem Tisch stehen. Ihre letzte gemeinsame Operation war eine Kolektomie mit dem Anlegen eines künstlichen Darmausgangs. So eine große Operation stand allein auf dem Plan, denn das Ende war offen. Das war gut so. Sie dauerte beinahe fünf Stunden, und danach waren alle froh, es überstanden zu haben. Ihr Abschied vom Chef verlief ohne großes Aufheben, was sie selbst verwunderte.

Als er schon Richtung Ausgang marschierte, drehte er sich doch noch einmal zu ihr um und sagte: »Das war's dann wohl mit Ihnen!« Als Kim nichts darauf antwortete, sagte er tatsächlich: »Ich wünsche Ihnen alles Gute.«

Beinahe wäre ihr das Besteck aus der Hand gefallen. »Danke«, antwortete sie.

Damit wandte der Chef ihr den Rücken zu und verschwand.

Kim wusste nicht, was sie fühlen sollte. Aber sie war verdammt nah dran loszuheulen. Gut, dass das Zusammenpacken und Fortbringen der Sets ein Kraftakt war. So stürzte sie sich in die körperliche Betätigung.

Eine halbe Stunde später räumte sie ihren Spind aus, während Heike schweigend neben ihr stand. Sie hatte darauf bestanden, sie zur Umkleide zu begleiten – auf ihrem letzten Gang. Kim händigte ihr den Schlüssel aus sowie alle Karten, die es ihr ermöglicht hatten, das Klinikgelände inklusive Parkplatz zu betreten. Ein letztes Tschüss, eine letzte Umarmung, und bald darauf schritt Kim zum letzten Mal über die Schwelle des Krankenhauses. Sollte sie je zurückkehren, dann als Patientin. Ihr Inneres fühlte sich taub an und sie wusste, sie würde Tage brauchen, um überhaupt beantworten zu können, was sie in diesem Moment empfand.

Es war vorbei. Ihre Tätigkeit als OP-Fachpflegekraft am Klinikum war Geschichte. Und niemand war gekommen, kein Personalleiter, kein Geschäftsführer. Niemand sagte ihr auf Wiedersehen oder dankte ihr für die Jahre, die sie hier geschuftet hatte, von Heike einmal abgesehen. Es hinterließ einen schalen Geschmack.

Höchste Zeit, ihr Geld mit etwas anderem zu verdienen.

KAPITEL
Dreizehn

Kim

ES WAR HALB FÜNF, als sie nach Hause kam. Bo würde erst in ein oder zwei Stunden eintreffen. Ihr war, als strahlte alles in der Wohnung Einsamkeit aus. Es fühlte sich unwirklich an hier zu sein. Sie selbst fühlte sich unwirklich an. Draußen schien die Sonne, und sie hatte ihren letzten Arbeitstag hinter sich.

Aber noch war der Tag nicht vorüber. Es war der Anfang ihres neuen Lebens. Nach kurzer Überlegung packte sie Schlüssel und Geldbeutel in einen kleinen Rucksack, kramte im Büffet eine Weile nach dem Schlüssel ihres Fahrradschlosses. Dann verließ sie die Wohnung wieder und zog die Tür hinter sich zu. Mit raschen Schritten ging sie hinunter in den Keller und schaffte ihr angestaubtes Fahrrad ans Tageslicht. Nach dem Einsatz der Luftpumpe konnte sie behaupten, dass es fahrtüchtig war.

Von ihrer Wohnung zur Patisserie waren es vielleicht zwei Kilometer, mehr nicht. Was konnte schöner sein, als den zukünftigen Weg zur Arbeit mit dem Fahrrad zurückzulegen? Sie schwang sich auf den Drahtesel mit einem klaren Ziel vor Augen. Jetzt erst mal eine große Tasse Kaffee!

Kurz vor fünf stellte sie ihr Rad an der Hauswand ab und betrat die Terrasse der Patisserie, die nicht mehr war als eine mit einem Holzzaun eingegrenzte Fläche des Bürgersteigs, die sie nutzen durften. Bis sechs Uhr hatten sie geöffnet. Ihr blieb also noch eine Stunde, um ihren Feierabend zu genießen.

Ein Tischchen war noch frei, das Letzte. Auf dem daneben standen vier Gläser und eine Flasche Sekt. Jemand hatte wohl etwas zu feiern. Sie setzte sich daneben und nahm die Karte in die Hand. Erik oder Bernd würden gleich auftauchen und nach der Bestellung fragen. Sie war gespannt, wer heute Außendienst hatte.

Es war Bernd. Als er sie sah, umarmte er sie überschwänglich.

»Meine Liebe! Wie war dein letzter Arbeitstag? Hast du alles gut überstanden?«

Kim war völlig perplex. »Habe ich euch erzählt, dass heute mein letzter Tag war?«

»Ja natürlich! Beim letzten Mal.«

Kim konnte sich nicht daran erinnern. Vielleicht hatte sie es in einem Nebensatz erwähnt. Umso erstaunlicher, dass Bernd es sich gemerkt hatte.

»Wie geht es dir damit?« Seine Hand legte sich fürsorglich auf ihre Schulter.

Kim konnte nicht gleich antworten. Seiner Herzlichkeit überwältigte sie.

»Wir haben schon etwas vorbereitet.« Er grinst und wies auf den Nebentisch. »Du sitzt falsch. Das hier ist dein Tisch.«

Der mit dem Sekt und den Gläsern darauf!

Jetzt kam Erik aus dem Café. »Oh wie schön, unsere Hauptperson ist da!«, rief er ihr erfreut entgegen. Die anderen Gäste drehten sich zu ihr um. »Heute war ihr letzter Arbeitstag«, erklärte er denen, die es wissen wollten.

Wildfremde Menschen lächelten, zwei klatschten. »Glückwunsch!«

Erik öffnete die Flasche Sekt, goss drei Gläser voll und beide stießen mit ihr an.

»Herzlich willkommen in deinem neuen Arbeitsumfeld«, sagte Bernd feierlich.

Die emotionale Taubheit in ihr verschwand – sie fühlte wieder. Tränen der Rührung stiegen in ihr auf.

»Auch wenn du erst morgen offiziell beginnst, wir wollten dich heute schon als Dritte im Bunde begrüßen.«

»Woher wusstet ihr, dass ich herkommen würde?«, fragte Kim, die sich die Nässe aus dem Gesicht wischte.

»Wir wussten es nicht sicher. Wir wollten nur vorbereitet sein für den Fall, dass du kommst«, gestand Erik.

Kim fasste es nicht. »O Gott! Seid ihr süß!«

»Bo hat uns verraten, wie lange du heute arbeiten musst.« Erik hielt sein Handy hoch.

Sie hatte ihnen eine Textnachricht geschickt. So weit war es also schon: Sie hatten ihre Nummern ausgetauscht.

»Kommt sie auch noch?«, fragte Kim sofort. Das vierte Glas auf dem Tischchen war ihr aufgefallen.

Die Jungs lächelten, als hätte man sie ertappt.

»Klar«, gestand Erik. »Aber wir müssen noch etwas warten. Was darf ich dir solange noch bringen? Hast du Hunger? Auf süß oder herzhaft? Oder möchtest du eine Tasse Kaffee?« Er musste wieder rein, es bildete sich bereits eine Schlange.

»Ich bring ihn dir. Bleib sitzen! Genieß die Sonne«, bot Bernd an. »Essen könnt ihr auch später noch gemeinsam. Wir schließen erst, wenn ihr beide satt seid.« Damit verschwand auch er.

Kim blieb zurück, erwiderte berührt das Lächeln der Gäste am Nebentisch. Dann schweifte ihr Blick die Häuserfassaden entlang, blieb an beschrifteten Schaufenstern und Kneipenschildern hängen. Und zum ersten Mal an diesem Tag fühlte sie sich behaglich. Da war eine Zelle des Glücks in ihr, irgendwo in ihrer Bauchgegend, von der sie wusste, sie würde in den nächsten Tagen aufbrechen und erblühen. Dann, wenn sie vollends begriffen hatte, dass das jetzt ihr Leben war. Sie lehnte sich zurück und holte tief Luft.

Bernd kehrte mit zwei Tassen Kaffee zurück und nahm ihr gegenüber Platz. Sie stießen noch einmal an, leerten ihre Sektgläser und gingen zum Heißgetränk über.

»Möchtest du erzählen, wie dein letzter Tag war?«, fragte er.

»Nein«, erwiderte Kim. »Ich möchte mir diesen schönen Moment nicht versauen.«

»Oh!« Bernd verstand und winkte ab. »Also bei uns läuft es echt gut.« Er dämpfte seine Stimme. »Die Tische innen und außen sind beinahe rund um die Uhr belegt. Wir kommen mit Brotbacken kaum hinterher. Und weißt du, was am besten läuft? Das Mangotörtchen!« Seine Begeisterung steckte an, und Kim musste lachen.

»Und die Cassis-Sahne-Schnitte?«, hakte sie sofort nach. »Auf die fahre ich voll ab.«

»Ja, die kommt gleich an zweiter Stelle. Weißt du eigentlich, dass wir schon zwei Hotels mit unseren Brötchen und Törtchen beliefern?«

»Hotels?«, wiederholte Kim erstaunt.

»Ja! Es gibt immer mehr Gäste, die Probleme mit Gluten haben. Und so frische Sachen bekommst du nicht im Onlinehandel. Die kriegst du nur bei uns.«

»Geil!« Kim begriff. Da taten sich ganz neue Märkte auf. Natürlich konnten sie ihre Waren auch ausliefern. Mit dieser Möglichkeit hatte sie noch gar nicht gerechnet. Bisher hatte sie immer nur die Einkünfte des Ladens und des Cafés überschlagen, aber so, wie das aussah, war das Café eine wirklich zukunftsträchtige Investition. Zuversicht überkam sie. Es war keine Fehlentscheidung gewesen, sich beruflich zu verändern. Sie würde keinen Schiffbruch erleiden.

Kurz vor sechs stieß Bo zu ihnen. Schon von Weitem

winkte sie ihr zu. »Hi, mein Schatz!« Bo küsste sie mit der Gewohnheit eines alten Ehepaares. »Wie war's?«

»Ich habe es überstanden.«

Sie nahm neben Kim Platz. »Es tut mir leid, wenn wir uns heute nicht mehr über den Weg gelaufen sind, aber ich hätte es, glaube ich, nicht ausgehalten.«

Ich weiß, dachte Kim. Sie hatte den ganzen Tag über vermutet, dass Bo bewusst Orte mied, an denen sie sich hätten begegnen können. »Schon okay.«

»Aber jetzt starten wir ein neues Kapitel, ja?« Ihre Hand legte sich zärtlich auf Kims Arm.

»Wir?«

»Natürlich wir. Es betrifft mich doch fast genauso, oder?« Ihr Blick war süß. Und natürlich hatte sie recht. Keine gemeinsame Fahrt mehr zur Arbeit, kein kurzer Austausch mehr, keine Möglichkeit mehr, sich tagsüber zu begegnen.

Um Punkt sechs Uhr hängte Bernd ein Schild an die Tür, auf dem »Geschlossen« stand. Nach und nach kassierten sie die restlichen Gäste ab. Das Saubermachen verschoben sie auf später, setzten sich zusammen und tranken gemeinsam die Flasche aus. Erik brachte Brot, Käse und Salami. Nebenbei besprachen sie den morgigen Arbeitstag. Zeitlich würde sich nichts ändern. Kim fing zur selben Zeit an wie in der Klinik. Ob sie in Zukunft früher öffneten als zehn Uhr, würde sich zeigen, je nachdem, ob sich eine Laufkundschaft herausbilden würde, die früh morgens an frischen, glutenfreien Brötchen interessiert war.

KAPITEL
Vierzehn

Kim

Sie saßen noch so lange draußen, bis ihnen kühl wurde. Kim und Bo boten ihre Hilfe beim Saubermachen an, doch die Jungs lehnten ab.

»Du bist erst ab morgen im Dienst«, meinte Bernd lachend.

So fuhr Kim mit dem Fahrrad nach Hause, und Bo mit dem Auto. Zeitgleich trafen sie in Kims Wohnung ein und verlebten den restlichen Abend in zur Schau gestellter Normalität. Sie machten sich Tee, sahen fern, unterhielten sich. Kim kam nicht mehr auf die Klinik zu sprechen, und Bo fragte sie nicht.

Nachts kuschelten sie sich aneinander, und am nächsten Morgen verließen sie zeitgleich die Wohnung. Bo würde heute Abend zurückkehren. Immer seltener hielt sie sich in ihrer eigenen Wohnung auf, und manchmal war Kim schon versucht, sie zu fragen, ob sie nicht bei ihr einziehen wollte. Aber das würde natürlich eine Diskussion anstoßen, warum es ihre Wohnung sein sollte und nicht Bos. Und darauf wollte sie sich momentan noch nicht einlassen. Vielleicht würden sie in ein paar Wochen darüber reden, wenn sich ihr neuer Alltag eingespielt hatte.

Kim schulterte den Rucksack und schwang sich in den Sattel. Auf dem Rückweg wollte sie in der Altstadt Einkäufe erledigen. Das meiste, was sie benötigte, würde sie zukünftig mit dem Rad transportieren können. So gesehen konnte sie den Bus unter der Woche stehen lassen. Bei den Benzinpreisen keine schlechte Fügung.

Als sie in der Patisserie eintraf, hörte sie durch das gekippte Fenster schon Geräusche aus der Backstube. Die beiden Männer sahen ihr erwartungsvoll entgegen, als sie alles abgelegt hatte, sich die Hände gewaschen hatte und zu ihnen trat.

Die Edelstahleinrichtung der Backstube erinnerte sie nur entfernt an den Operationssaal. Und die Tatsache, dass sie hier ohne Mundschutz und sterile Kleidung arbeiten würde, erschien ihr wie im Märchen. Die Fliegengitter an den Fenstern erlaubten es, sie zu öffnen. Tageslicht erhellte ihren Arbeitsbereich. *So kann man also auch arbeiten,* dachte sie sich. Wie lange würde sie es als etwas Besonderes empfinden? Ein rascher Gedanke, der von dem, was die beiden ihr nun erklärten, verdrängt wurde.

Die geformten Brotlaibe waren über Nacht aufgegangen, was weniger Hefe und Sauerteig benötigte und Grundlage für den guten Geschmack war. Jetzt wurden die Laibe auf eine bestimmte Weise eingeschnitten und bemehlt und allesamt in den Ofen geschoben. Immer zwölf auf ein Blech, vier Bleche übereinander. Das war die Tagesmenge an Krustenbrot. Kim lernte auch, Baguettes, Körnerstangen und allerlei Brötchen herzustellen. Das Sortiment war gut gewählt, sodass es Unterschiedliches bot, aber möglichst leicht umzusetzen war. Nach den Backwaren, die nun bis zur Öffnungszeit auskühlen mussten, lernte sie die Herstellung von Teigen für die Törtchen, Kuchen und Plätzchen. Alles war fein säuberlich auf eingeschweißtem Papier festgehalten, das sich in einem Ordner befand. Sie konnte jederzeit nachlesen. Dasselbe galt für die Bedienung der Gerätschaften. Doch alles wurde ihr ausführlich erklärt, inklusive aller Fehler und Fauxpas, die Erik und Bernd schon passiert waren, was den Vormittag sehr lustig werden ließ.

Um zehn schlossen sie auf, und von da an war einer der beiden Männer im Verkaufsraum oder bediente die ersten Gäste, die sich ein spätes Frühstück unter der Woche leisten konnten: meist Studenten und Mütter im Erziehungsurlaub samt ihren Freundinnen und den Kindern. Ab da war es mit der beschaulichen Ruhe vorbei. Auch schön, bemerkte Kim. Es war angenehm, morgens in Ruhe backen zu können. Aber wenn Leben in das Café einkehrte, empfand sie es als Geschenk.

Nach der Einweisung machte sie sich an den Biskuitteig für die Cassis-Sahne-Schnitten.

»Mit denen möchte ich meine Karriere als Konditorin beginnen«, entschied sie.

»Kannst du machen. Und danach zeige ich dir, wie man die Mangotörtchen macht. Von beiden Sorten werden vierundzwanzig ausgeliefert, und vierzig bis fünfzig davon verkaufen wir am Tag«, erklärte Bernd.

»So viel?« Kim war wirklich beeindruckt. Die Arbeit würde ihr also nicht ausgehen.

»Du bist zur rechten Zeit zu uns gestoßen. Spätesten jetzt hätten Erik und ich händeringend nach Unterstützung gesucht.«

Kim nahm sich eines der großen Bleche, fettete es ein, groß den Teig hinein, strich ihn glatt. »Dann haben wir ja alles richtig gemacht.«

Die Stunden verflogen mit den Tätigkeiten, die sie sonst nur im Urlaub machen durfte. Nebenbei unterhielten sie sich, wenn es die Situation zuließ. Sie lachten viel. So konnte man also auch sein Geld verdienen, dachte sie immer wieder. Immer noch erschien es ihr wie ein Traum.

Bernd machte sich auf den Weg, die Hotels zu beliefern –

mit dem Lastenfahrrad! Das war eine tolle Sache. Er setzte sogar einen Helm auf, wie Kim verblüfft feststellte.

»Trägst du keinen?«, fragte er. »Bist du nicht auch mit dem Fahrrad da?«

»Schon«, gestand Kim, »aber einen Helm habe ich noch nicht.« Sie würde das nachholen müssen.

Über Mittag wechselten sie sich ab. Einer durfte in Ruhe essen und musste nicht aufstehen, um Kundschaft zu bedienen oder abzukassieren. Kim lernte viel an ihrem ersten Tag. Die Gerätschaften in der Backstube stellten für sie kein Problem dar, der Putz- und Hygieneplan erschien ihr geradezu vertraut.

»Also Backstage hast du's schon mal drauf«, sagte Erik am Ende des Tages anerkennend. »Du begreifst rasch und arbeitest echt schnell.«

»Ich bin OP-Assistentin«, erwiderte Kim, bevor sie darüber nachgedacht hatte.

Erik nickte, als würde das alles erklären.

Warum sage ich das?, wunderte sich Kim. Sie hatte mit ihrem Job abgeschlossen. Aber natürlich definierte sie sich noch darüber. Wie sollte es auch anders sein? Es brauchte eben alles seine Zeit.

Mit dem Gefühl, einen Urlaubstag hinter sich zu haben, fuhr sie mit dem Fahrrad nach Hause. Sie fühlte sich bei Weitem nicht so abgekämpft wie sonst. Auch da würde sie noch dazulernen müssen. Arbeiten hieß nicht, sich am Abend völlig ausgepumpt zu fühlen. Man musste den Tag nicht mit Rücken- oder Beinschmerzen beenden. Und dabei hatte sie heute noch nicht einmal Kompressionsstrümpfe getragen wie sonst, wenn sie zur Arbeit ging.

Als sie die Wohnungstür aufschloss, hoffte sie, Bo wäre schon da. Sie hatte Lust, mit ihr eine Runde spazieren zu gehen. Ein Blick ins Wohnzimmer zeigte: Bo war da, aber sie lag auf dem Sofa und schlief. Ihr Tag musste heftig gewesen sein. Kim bemühte sich, leise zu sein. Sie betrat die Küche und packte vorsichtig ihre Einkäufe aus. Sie entschied sich für einen leichten Sommersalat mit Körnerstangen, die sie mitgebracht hatte. Dazu hatte sie noch zwei ihrer ersten Cassis-Sahneschnitten eingepackt. Bo musste unbedingt davon probieren.

Als der Salat fertig war, weckte sie sie, sonst würde sie heute Nacht nicht schlafen können. Kim kannte das zu Genüge. Man durfte nach der Arbeit nicht der Versuchung nach einem Nickerchen erliegen. Man betrog sich damit selbst um den freien Abend.

»Hi, Süße. Lust auf einen Salat? Komm, wir setzen uns noch etwas auf den Balkon«, lockte Kim.

Bo erwachte sofort. »Oh! Bin ich eingepennt?«

»Offensichtlich.« Kim grinste und begann, draußen den Tisch zu decken, während Bo sich reckte. Kim schenkte Mineralwasser ein. »War's stressig bei dir?«

»Nicht anders als sonst. Aber die Stimmung ist anstrengend geworden. Alle sind gereizt.« Sie sagte nicht: *Seit du fort bist*. Kim hatte den Eindruck, als würde Bo sich das ganz bewusst verkneifen.

»Und wie war dein erster Tag?«, fragte sie. Ihre fröhliche Miene wirkte aufgesetzt. Sie bemühte sich, das wusste Kim zu schätzen.

»Ganz interessant«, räumte sie ein. Sie hielt ihre Euphorie bewusst unter Verschluss. Wie konnte sie ihrer gestressten Partnerin auch davon vorschwärmen, wie gut sie es jetzt hatte.

Plötzlich wurde ihr bewusst, dass sie Bo nicht mehr alles ungefiltert sagen durfte. Zumindest am Anfang noch nicht, solange Bo sie noch so vermisste. Mit einem Lächeln überspielte sie ihre Gedanken, füllte Salat in die Schüsseln und brach die Körnerstange in zwei Hälften.

»Die ist lecker«, sagte sie. »Hab ich heute schon selbstständig gemacht.« Sie lachte. »Und den Nachtisch auch: Cassis-Sahne-Schnitten.«

Bo verzog schwärmerisch das Gesicht. Sie lobte alles, was sie aß, und war wirklich begeistert. Kim freute sich darüber.

KAPITEL
Fünfzehn

Kim

Die folgenden Tage verliefen ähnlich. Kim lernte begeistert im Café, Bo ging in die Klinik und kam müde nach Hause. Sie war so gut wie gar nicht mehr in ihrer eigenen Wohnung. Jede versuchte, nicht zu viel und nicht das Falsche von ihrem Tag zu erzählen.

Am Samstag hatte Kim frei, Sonntag war sie für den Service eingeteilt: Bestellungen aufnehmen, bedienen, abkassieren. Nie hätte sie gedacht, dass es Spaß machen konnte, auf so viele Leute zu treffen. Ihre Klientel, die auf glutenfreie Nahrungsmittel angewiesen war, war dankbar und gut gelaunt. Sie brachten Freunde mit, konnten mit ihnen zusammen endlich unbeschwert genießen, und Kim hörte immer mehr Wünsche und Bedürfnisse heraus, mit denen sie ihr Angebot noch erweitern konnten. Ein Mittagstisch zum Beispiel, Brötchenverkauf in der Früh oder das Angebot von Sandwiches als Verpflegung für den Tag. Kim ließ sich inspirieren, probierte aus, kalkulierte die Kosten. Nach der ersten Woche besprach sie mit Bernd und Erik die Möglichkeit, schon am frühen Morgen Brötchen für die Laufkundschaft anzubieten.

»Wir fangen um acht an zu backen. Was wäre, wenn wir eine halbe Stunde früher anfingen und die Reihenfolge änderten?«, stieß Kim eine Überlegung an.

Bernd begriff sofort, was sie sagen wollte. »Wir könnten zuerst die Brötchen backen und dann das Brot.« Er knetete mit Daumen und Zeigefinger an seiner Unterlippe. »Dann könnten die ersten Brötchen schon um acht ofenwarm über den Ladentisch gehen. Keine schlechte Idee.«

»Und es wäre für uns nicht sonderlich viel Mehraufwand«, schätzte Kim. »Wir öffnen eben zwei Stunden früher. Schaffen wir das?«

»Wir sind eine Patisserie, und das wollen wir auch bleiben«, gab Erik zu bedenken. Man durfte sein Ziel nie aus den Augen verlieren, das sah Kim sofort ein.

»Seid ihr und bleibt ihr auch«, versicherte sie. »Aber wir sind der einzige glutenfreie Anbieter für Backwaren in einem Radius von mindestens zehn Kilometern, und damit sind wir beinahe verpflichtet, etwas für die anzubieten, denen der Sinn am frühen Morgen noch nicht nach Törtchen steht, sondern nach einem handfesten belegten Brötchen oder einem Sandwich als Mittagssnack oder für unterwegs.«

»Da hat sie recht«, sagte Bernd.

Erik überlegte.

»Wir könnten das Angebot auf die Werktage beschränken. Am Wochenende bleibt alles wie immer«, argumentierte Kim.

»Wir könnten es versuchen«, sagte er nun. »Probieren wir es ein paar Wochen lang aus. Wenn es sich lohnt, lassen wir es so, wenn nicht, rudern wir wieder zurück.«

Alle drei waren damit zufrieden. Sie waren ein richtiges Team, nicht nur Kollegen. Kim hatte bereits nach den wenigen Tagen das Gefühl, dass sie als vollwertige Teilhaberin angesehen wurde.

• • •

»Wir sind ein tolles Team«, rutschte Kim am Abend heraus, als sie mit Bo gemütlich auf dem Sofa saß. »Ich fühle mich so eingebunden und wertgeschätzt mit den beiden, das macht echt Spaß.« Sie hatte es gesagt, bevor sie sich daran erinnerte, sich Bo gegenüber nicht allzu glücklich zu zeigen.

Bo lächelte tapfer. »Ja? Das freut mich.«

Ihre Reaktion machte Kim sofort ein schlechtes Gewissen. Sie vermied es, zu fragen, wie Bos Woche gelaufen war. Es war nicht nötig, sie erzählte es von selbst.

»Im OP wird es immer schlimmer. Die Stimmung ist völlig am Arsch und jeder macht jeden blöd an. Das ist kaum mehr auszuhalten.«

»Was hat sich geändert?«, fragte Kim. Das konnte ja nicht nur daran liegen, dass sie gekündigt hatte.

»Heike assistiert dem Chef, weil sich niemand anderes dafür findet. Alle weigern sich, beschweren sich aber auf der anderen Seite, dass sie nie da ist und die Einsatzpläne Flüchtigkeitsfehler haben. Ist aber auch kein Wunder. Sie kann sich schließlich nicht zerreißen.«

Kim schwieg. Was sollte sie auch dazu sagen? Heike tat ihr leid, aber sie konnte es auch nicht ändern.

»So ätzend war es noch nie. Und du fehlst einfach«, presste Bo hervor. Ihre Miene erschien seltsam verkniffen, und Kim kapierte erst nach einiger Zeit, dass sie krampfhaft versuchte, sich ihre Gefühle nicht ansehen zu lassen. Es gelang ihr nicht. Plötzlich kullerten ihr Tränen über die Wangen, die sie rasch abwischte.

»Ach Bo«, sagte Kim betroffen und nahm sie in den Arm.

Bo ließ sich nicht lange von ihr halten. »Ist schon okay. Diese Zeit geht auch vorüber. Denn so kann es nicht weitergehen, sonst kündigen die Nächsten.«

Du vielleicht?, dachte Kim, schwieg aber wohlweislich. Was wäre, wenn Bo auch kündigen würde und sie das Café zu viert betrieben? Wenn man dann noch einen Mittagstisch anbieten würde … In ihrem Kopf begann es zu rattern, und sie überschlug, dass der Laden auch für vier genug abwerfen könnte. Gleichzeitig fühlte sie sich wie eine Verräterin. Bo arbeitete gerne in ihrem Beruf, zumindest bis vor Kurzem noch. Was nun? Das konnte doch nicht nur damit zu tun haben, dass sie nun fort war. Besänftigend strich sie ihr übers Haar, doch Bo weinte erst recht.

»Entschuldige«, schniefte sie. »Ich hatte nicht vor, dir in den Ohren zu liegen. Ich habe dir versprochen, dass ich dich nicht für deine Entscheidung kritisieren würde. Aber … aber die Trauer darüber musst du mir einfach zugestehen.«

»Aber natürlich, Schatz. Aber natürlich!«, beschwichtigte Kim sofort, war aber betroffen von Bos Unglück. Das durfte nicht sein. Sie konnte doch unmöglich so glücklich sein, während Bo todunglücklich war. Insgeheim nahm sie sich vor, noch eine Woche abzuwarten. Sollte sich an Bos Zustand nichts ändern, müssten sie irgendetwas tun.

»Nächstes Wochenende haben wir beide frei. Lass uns wegfahren, irgendwohin«, schlug Kim vor.

»Au ja«, antwortete Bo sofort. »Lass uns mit dem Bulli abhauen.«

»Machen wir«, tröstete Kim. »Machen wir auf jeden Fall, egal wie das Wetter wird.«

KAPITEL
Sechzehn

Kim

DAS WETTER BRACHTE am Wochenende Regen und einen Temperatursturz von acht Grad. Es war, als legte der Sommer eine Pause ein. Kim und Bo ließen sich nicht davon beirren. Sie planten, anstelle der Kajakfahrt zu wandern, zu lesen, im Bus Tee zu trinken, einfach abzuhängen. Es gab hundert schöne Dinge, die man zu zweit machen konnte. Kim packte auch Spiele ein, bereitete zu Hause die Grundlagen für leckere Gerichte vor, die ihm Kühlfach des Bullis dann nur noch darauf warteten, auf dem kleinen Zweiflammkocher fertiggestellt zu werden. Kim war höchst kreativ, denn sie hatte eine inspirierende Woche hinter sich. Die Brötchen am Morgen waren so rasch verkauft worden, dass sie und die Männer nach wenigen Tagen beschlossen hatten, sie in ihr festes Angebot aufzunehmen. Das Sortiment an Süßem konnte sie bereits selbstständig herstellen. In den letzten Tagen hatte sie sich mit dem Angebot eines Mittagstischs auseinandergesetzt. Die Küche verfügte über zwei Kochfelder, die sie zur Herstellung der Tortengüsse und Cremes verwendeten. Kim konnte ohne großen Aufwand um die Mittagszeit ein oder zwei Suppen und dazu ihr krosses Stangenbrot anbieten. Das würde wunderbar passen. Nächste Woche wollte sie es den Jungs vorschlagen. Sie war schon gespannt auf deren Reaktion.

Bei Bo hatte sich indes beruflich kaum etwas verbessert. Heike hatte bei der Geschäftsleitung Beschwerde eingelegt und Unterstützung eingefordert – in welcher Form auch immer. Jetzt warteten sie auf eine Veränderung. Sie brauchten mehr Personal, mehr Schulungen und vielleicht so etwas wie Supervisionen, Teambildung oder Mediation. Durch Kims Ausscheiden hatten sich die Strukturen verändert – um nicht zu sagen: verschlechtert.

FREITAG NACHMITTAG FUHREN sie los in Richtung Allgäu, und Kim fühlte sich beinahe so wie bei ihrem ersten gemeinsamen Ausflug, nur wesentlich beschwingter. Bo versuchte, ihre Sorgen zu Hause zu lassen. Sie trug wieder den Alt-Herren-Hut, der ihr so gut stand, obwohl sie sich an diesem Wochenende kaum gegen die Sonne würde schützen müssen. Egal, er hatte bereits so etwas wie einen Kultstatus. Sie sah süß aus damit, und manches Mal, wenn Kim sie betrachtete, durchströmte sie ein Gefühl von Zärtlichkeit. Sie spielte auch die Songs von damals.

Bo bemerkte es sofort. »Was wird das heute? Eine Retro-Veranstaltung?« Ihr Grinsen schmälerte die Provokation ihrer Worte.

»Vielleicht«, gab Kim zu. »Vielleicht sehne ich mich ein bisschen nach der Unbeschwertheit des Anfangs.« *Huch, habe ich das wirklich gesagt?*

Bo stutzte, aber nur kurz, dann sagte sie mit einem Lächeln: »Es war nicht unbeschwert. Ich dachte die ganze Zeit: Oh, Gott, hoffentlich bereut sie es nicht, mich mitgenommen zu haben.«

»Das hast du gedacht?«

»Deshalb hatte ich ja das mit der Glutenunverträglichkeit

verschwiegen. Ich wollte nicht zu einem Problemfall werden.«

Kim erinnerte sich. »Und ich habe mich das ganze Wochenende darüber gewundert, wie ich eine mir beinahe völlig fremde Person zu einem Wochenendtrip einladen konnte. Noch dazu ohne Absprache mit den anderen. Aber irgendwas an dir hat mir gesagt, dass es ganz wunderbar werden könnte.«

»Oh, danke für die Blumen.« Bo grinste. »Aber damals war besseres Wetter«, fügte sie mit einem Blick nach draußen hinzu.

Regen klatschte an die Scheiben. Kim fand es sehr gemütlich, wenn es auch nicht dazu animierte, den Bus zu verlassen. Aber noch hatten sie eine gute Stunde Fahrt vor sich. Ihr Ziel war die Gegend um Sonthofen. Ein Platz auf dem Campingplatz war gebucht. Ein bisschen wandern und sich durchpusten lassen, das würde ihnen guttun. Nächsten Samstag musste sie im Café bedienen, und Sonntag war sie allein fürs Backen zuständig.

»Möchtest du nächsten Sonntag nicht im Café bedienen?«, fragte sie Bo. Es würde ihnen die Möglichkeit geben, sich zu sehen.

»Ob ich was?«

Kim wiederholte sich nicht. Sie war sich sicher, dass Bo sie verstanden hatte.

»Ich habe frei und bediene in deinem Laden?«

»Ja, genau.« Kim grinste. »Das macht echt Spaß.«

»Dir vielleicht. Wenn ich frei habe, habe ich frei.«

Kim gab einen zustimmenden Laut von sich und ließ es auf sich beruhen. »Was machst du dann zukünftig?«

»Du meinst, an Wochenenden, an denen ich frei habe und du arbeiten musst?«

»Ja.«

»Keine Ahnung. Mich entspannen? Sport?«

Kim nickte zustimmend.

Nach kurzem Nachdenken sagte Bo: »Wenn mir langweilig ist, komme ich vorbei.«

»Oder wenn du Sehnsucht nach mir hast?« Kim zog eine Augenbraue hoch.

»Zum Beispiel«, sagte Bo vollkommen ernst.

Kim lachte. »Wie lieb von dir.«

Als sie ankamen, riss gerade der Himmel auf. Frische Luft und eine ungewohnte Weite empfing sie. Keine Frage, hier ließ es sich aushalten, egal welches Wetter herrschte. Sie stellten den Bus auf den ausgewiesenen Platz und ließen die Markise zum ersten Mal eingerollt. Ebenso würden die Klappstühle in der Hecktür und der Klapptisch in der Innenseite der Schiebetür bleiben.

»Machen wir uns eine Tasse Tee, bevor wir loswandern?«, fragte Kim.

»Tasse Tee?«, wiederholte Bo mit gespieltem Entsetzen. »Ich dachte, es gibt Mittagessen. Ich habe Hunger.«

»Ich dachte, wir nutzen die regenfreie Zeit und gehen zuerst raus.«

»Nö.«

Klare Ansage. Kim lachte. Also kochte sie zuerst Gnocchi in Pilzrahmsoße. Alles dazu befand sich schon im Kühlfach, sie musste es nur warm machen. Dazu gab es einen kleinen Salatteller. Auch das Gemüse dafür war schon gewaschen und geschnitten, die Salatsoße befand sich in einem Schüttelbecher.

»Du professionalisierst dich«, stellte Bo trocken fest. »Oder hast du dich auf das schlechte Wetter eingestellt? In wenigen Minuten zum Menü, ohne den Bus zu verlassen«, frotzelte sie.

»Beides. Ich wollte ohne viel Aufwand eine Mahlzeit hinbekommen, und ohne dass wir uns im engen Bus in die Quere kommen. So ganz ohne Vorzelt oder Markise wird es eng.«

»Glaub ja nicht, dass ich nicht merke, wie du längst mit so einem orangenen Bus liebäugelst.«

»Er hatte eine L-förmige Küche hinten. Das hieße, du könntest gemütlich am Tisch sitzen, während ich in der Küche werkle. Der Grundriss hat was, das musst du zugeben, oder?«

»Er wirkte in der Tat um einiges geräumiger«, gab Bo zu. Sie öffnete die Beifahrertür und drehte ihren Sitz um, damit sie am Tischchen Platz nehmen konnte. »Und man konnte die Sitze drehen, ohne die Fahrer- oder Beifahrertür öffnen zu müssen.«

Kim lachte auf. »Das hast du gefragt?«

»Nicht nur. Ich habe es ausprobieren dürfen.«

Kim sah sie verwundert an. Sie hatte nicht angenommen, dass Bo so weit gehen würde. Innerlich setzte sie sich also auch schon mit dem Gedanken an einen anderen Bus auseinander.

Doch weit gefehlt! Bo sagte: »Glaub trotzdem nicht, dass ich mich in absehbarer Zeit von dem Bulli trennen möchte. Es sieht einfach zu süß aus.«

Ja, das tut er, dachte Kim. *Er ist und bleibt ein Sympathieträger.*

»Spülen tun wir später«, entschied Kim nach dem Essen.

Sie zogen sich Regenjacken über, stopften sich sogar Regenhosen in den Rucksack für den Fall, dass sich das Wetter doch noch mal verschlechtern würde, und brachen Hand in Hand auf zu einer entspannenden Wanderung über Wiesen und Felder.

KAPITEL
Siebzehn

Kim

Die Wiesen waren vom Regen vollgesaugt und ließen ihre Füße einsinken. Gut, dass ihr festes Schuhwerk wasserdicht war. Die Luft animierte zum tiefen Durchatmen und weckte die Lebensgeister. Mein Gott, wie hatte sie mit Lea immer nur in der Stadt sein können? Im Nachhinein erschien ihr das unmöglich. Jetzt zog es sie regelmäßig hinaus in die Natur, auch wenn sie in Zukunft nicht mehr ganz so oft würde wegfahren können. Die Arbeit in der Patisserie erforderte ihre Präsenz, und wenn Erik oder Bernd ausfielen, war sie natürlich die Ersatzperson. Alles Dinge, die Kim bewusst gewesen waren, bevor sie sich dazu entschieden hatte. Aber natürlich war es für Bo ein Verlust von Freiheit und Flexibilität. Wenn sie zwei Tage Freizeitausgleich wegen Bereitschaftsdiensten oder Überstundenabbau hatte, konnten sie sich nicht mehr spontan zu einem Abenteuer verabschieden. Jetzt war Kim gebunden.

»So einfach wie früher können wir uns nicht mehr vom Acker machen«, sprach sie ihren Gedanken aus, als sie nebeneinanderher wanderten. »Dabei tut es so gut, sich mal richtig durchpusten zu lassen. Aber ein ganzes freies Wochenende wird erst wieder drin sein, wenn wir sehen, wie gut das Café läuft und ob der Umsatz so gut bleibt.«

»Und was verändert sich dann?«

»Dann könnten wir einen Minijobber einstellen. Das würde Entspannung in die Planung bringen. Aber bis jetzt ist das noch Zukunftsmusik. Vielleicht sollten wir uns angewöhnen, auch im Alltag ein paar Stunden in die Natur zu gehen, egal wie das Wetter ist.« Sie dachte wehmütig an ihre gemütlichen Feierabende auf dem Sofa, die auch sie sehr genoss.

»Hast du nicht genug Bewegung? Du fährst doch schon mit dem Fahrrad.«

»Die paar Kilometer«, winkte Kim ab. »Und dabei bin ich auch in der Stadt. Ich sollte rausfahren, in den Wald. Was gerade zu kurz kommt, ist das Walken oder Joggen. Errat hat das immer ganz konsequent durchgezogen. Ob sich das wohl inzwischen auch geändert hat?«

»Bestimmt. Er hat doch jetzt Olga und damit Bewegung der anderen Art.« Bo grinste unanständig.

»Bo!«, mahnte Kim.

»Du hast ja recht«, räumte Bo nach einigem Nachdenken ein. »Wir sollten etwas Aktives in unseren Alltag einbauen.« Sie stöhnte auf, kaum dass sie es gesagt hatte. Nach Feierabend walken zu gehen, war nicht ihr Ding, das wusste Kim inzwischen.

»Natürlich könnte man auch Badminton spielen oder Tennis oder Schwimmen gehen. Aber draußen im Wald ist es erholsamer.« Und eigentlich hatte sie sich das vor Monaten schon vorgenommen. Das Fahrrad im Alltag war nur ein Baustein. Es musste noch mehr dazukommen, also überlegten sie gemeinsam.

Die Weide endete an einem Holzgatter, das sie öffneten. Dahinter führte ein Weg in den Wald.

Bo atmete tief ein. »Ich glaube, ich weiß, was du meinst«, sagte sie sehnsüchtig. »Man muss viel mehr draußen sein. Es fehlt nur immer der Anreiz. Oft ist es eben schöner, auf dem Sofa zu liegen und ein Buch zu lesen.«

Kim grinste. Bo konnte eine richtige Couchkartoffel sein. Ein süßer Zug an ihr, fand sie. Sie nahm ihre Hand und zog sie weiter. »Komm, du Faule, jetzt wird alles nachgeholt.«

Eine Lichtung tat sich auf. Saftige Wiesen leuchteten. Sie hörten Motorsägenlärm. Kurz darauf kamen sie an einem Gehöft vorbei. Ein Mann sägte Baumstämme in kleine Stücke, eine Frau hackte sie in Scheite. Ein ganzer Berg davon türmte sich im Hof auf. Sie staunten beide.

»Wow! Die machte das aber gut«, flüsterte Bo im Vorbeigehen. Sie grüßten freundlich. »Hast du schon mal Holz gehackt? Kannst du das?«

»Nö. Hab ich noch nie ausprobiert.«

Sie lachten noch, als sie weiterzogen. Das Motorengeräusch erstarb. Nach einiger Zeit rief jemand. Zuerst dachten sie, die Frau würde mit jemandem auf dem Hof sprechen, aber dem war wohl nicht so. Ihre Stimme klang panisch.

»Hilfe! Hilfe!«

Bo und Kim sahen sich an. Beide dachten dasselbe. *Müssen wir zurück?*

»Sollen wir nachsehen?«, fragte Bo.

»Da wird schon noch jemand anderes auf dem Hof wohnen. Die beiden sind dort doch nicht allein.«

»Und wenn doch?«

Wieder schrie eine Frau. »Hilfe!« Sie klang wirklich verzweifelt. Kim kam es so vor, als riefe sie genau deswegen, weil sie die zwei Wandererinnen hatte vorbeigehen sehen.

Bo entschied für sie beide. »Also komm! Nicht, dass wir uns noch Vorwürfe machen müssen.«

Es war niemand anderes zur Hilfe gekommen. Offensichtlich wohnten die beiden allein hier. Die Frau winkte völlig aufgelöst und dankbar, dass sie zurückgekommen waren. Sie stand nicht mehr bei dem Hackklotz, sondern bei dem Mann, der am Boden lag. Überall war Blut, auch die Hände der Frau sowie ihre Hose waren blutig. Gut, dass sie umgedreht waren, war Kims erster Gedanke.

Der Mann am Boden war blass. Fahrig versuchte er, mit der Hand auf die Stelle zu drücken, aus der auffallend viel Blut drang – helles Blut. Wie hatte er es bloß geschafft, seine Arterie zu verletzen?

»Lassen Sie mich mal«, sagte Kim zu der Frau und schob sie sanft zur Seite. »Hallo«, sagte sie zu dem Mann. »Darf ich mal? Wir sollten das etwas abdrücken, sie bluten ganz schön.«

Er antwortete nicht, starrte nur panisch auf seinen Oberschenkel und nahm seine Hand nicht fort. Sein Bemühen brachte nicht viel. Zwischen seinen Fingern sickerte helles Blut hervor. Er hatte wirklich nur eine dünne Jogginghose an, und das beim Holzsägen! Wozu gab es Schnittschutzhosen? Da brachten auch die Gummistiefel nichts, die er trug.

»Können Sie die Hose mal ausziehen? Ich muss mir die Verletzung ansehen«, sagte Kim.

Seine Frau half ihm. Sofort tastete Kim in seiner Leistenregion nach der Arterie, drückte sie ab.

»Können Sie so auf den Rücken liegen bleiben? Ist das für Sie bequem genug?«, erkundigte sie sich.

»Ja, ja«, stöhnte er nur.

Hinter ihrem Rücken sprach Bo gerade in ihr Handy. »Wir brauchen einen Notarzt, nach …« Sie fragte nach der Adresse, gab sie durch. »Eine arterielle Blutung linker Oberschenkel.« Sie lauschte eine Weile, sagte dann. »Ja, wir leisten Erste Hilfe und drücken ab. Kein Problem.« Sie nannte ihren vollen Namen und den des Ehepaars. »Bis gleich.« Dann legte sie auf.

Kims Finger pressten auf eine ganz bestimmte Stelle in seiner Leistenregion. Das Blut hörte augenblicklich auf zu pulsieren.

»So, es ist schon besser«, sagte Kim, um den Mann zu beruhigen. »Wie ist das denn passiert?« Sie fragte halb aus

Interesse, halb um ihn abzulenken und bei Bewusstsein zu halten.

»Ich …«

»Ich hab dir ja gesagt, sei nicht so leichtsinnig. Aber du musst es ja besser wissen«, fiel seine Frau ihm ins Wort. Klar, sie war im Schock.

»Könnten Sie Ihrem Mann eine Decke holen und ein Kissen für seinen Kopf? Und natürlich Verbandmaterial, wenn Sie welches im Haus haben«, orderte Kim. Damit wäre die Frau beschäftigt und aus dem Weg. Kim schätzte den Mann auf Mitte vierzig. Sein langer Vollbart war noch dunkelbraun wie sein Haar.

»Was für ein Scheiß!«, sagte er nun. »Was für ein Scheiß!«

»Sägen Sie immer so?« Kim konnte ihre Kritik nicht zurückhalten.

»Es war zu heiß für eine lange Hose.« Jetzt sah er Kim zum ersten Mal an. »Meinen Sie, das wird wieder?«

»Klar. Irgendjemand muss nur Ihre Blutgefäße wieder zusammenflicken. Keine große Sache.«

Er sah von einer zur anderen, blass wie er war. »Sie sind vom Fach, was?«

»Ja«, antwortete Bo. »Wir arbeiten im OP.«

Seine Frau kehrte zurück, und sie betteten seinen Kopf auf das Kissen. Bo nahm die zwei Kompressen, die der Verbandskasten beinhaltete, heraus, legte sie auf die Wunde und versuchte sich an einem Druckverband, der aufgrund des wenigen Materials aber nicht funktionierte. Wenigstens war die Wunde abgedeckt. Kim ließ ihre Finger also, wo sie waren, und drückte mit konstanter Kraft gegen die Innenseite seines Oberschenkels. Der Mann blieb ruhig liegen.

Es dauerte. Sie überbrückten die Zeit, erkundigten sich, was die beiden so allein auf den Hof verschlagen hatte. Sie hatten ihn von den Eltern der Frau geerbt. Sie wollten die Viehhaltung reduzieren und Plantagen für Weihnachtsbäume aufziehen. Sie hatten noch Ziele, jetzt wo ihre beiden Kinder studierten. Die kamen regelmäßig zu Besuch. Ab und zu zumindest. Ein nettes Paar, dachte Kim und verzieh ihm seine leichtsinnige Art.

Endlich hörten sie das Martinshorn. Der Rettungswagen bog auf den Hof und ein Notarzt sprang heraus. Ruckzuck zierte ein richtig guter Druckverband das Bein des Mannes. Sie hängten ihm eine Infusion an und verfrachteten ihn auf die Trage zum Abtransport, nachdem sich sein Kreislauf als stabil herausgestellt hatte. Die Frau versprach, so rasch wie möglich ein paar Sachen zusammenzupacken und ihm ins Krankenhaus zu folgen. Sie stand noch immer unter Schock.

»Sollen wir Sie ins Krankenhaus fahren?«, bot Bo an.

Sie lehnte dankend ab. »Sie haben weiß Gott schon genug geholfen. Nein, nein, das geht schon. Oh Gott! Ich möchte gar nicht daran denken, was ich getan hätte, wenn Sie beide nicht da gewesen wären.«

Tja, das hätte dumm ausgehen können. »Er ist ja jetzt gut versorgt«, beruhigte Kim sie. An etwas anderes durfte sie jetzt nicht denken.

Mit einem zwiespältigen Gefühl verabschiedeten sie sich.

»Meinst du, das schafft sie?«, fragte Bo, als sie außer Hörweite waren.

»Sie wird es schon hinkriegen. Ihr steckt nur noch der Schreck in den Knochen. Ist aber auch verständlich, bei dem Blut überall.«

»Uns regt das nicht mehr sonderlich auf«, stellte Bo sarkastisch fest.

Sie gingen weiter. Ihre Wanderung führte sie durch den Wald und über Wiesen zurück zu ihrem Stellplatz. Auch wenn die Runde keine zehn Kilometer umfasst hatte, fühlten sie sich erschöpft.

»Wie leichtsinnig«, sagte Bo sogar noch kurz vor dem Einschlafen, als sie spät in der Nacht in ihrem Hochbett lagen.

»Dasselbe habe ich auch gerade gedacht. Es lässt einen

nicht los, was? Da wohnen die beiden schon so abgeschieden, und dann machen sie so etwas.«

»Da kann dein Leben auch mal ratzfatz vorbei sein. Und das mit Mitte vierzig. So bescheuert!«

»Unfälle im Haushalt sind die häufigste unnatürliche Todesursache.«

»Zählt Holzsägen auf dem Hof zu Haushaltsunfällen?«

»Natürlich.« Kim grinste schräg.

»Na, ich weiß nicht.« Bo nahm es ihr nicht ab.

Sie wechselten das Thema, wandten sich Erfreulicherem zu. Morgen würden sie durch eine wunderschöne Schlucht wandern.

»Und Montag um acht stehe ich wieder auf der Matte«, sagte Bo völlig zusammenhanglos und seufzte tief.

Kim hörte zum ersten Mal einen deprimierten Tonfall heraus. »Du wirst sehen, es wird sich bessern. Heike wird schon was einfallen«, tröstete sie reflexartig.

»Dein Wort in Gottes Ohr.«

»Dann steig doch bei uns ein«, schlug Kim vor. Es sollte spaßig klingen, was ihr nicht ganz gelang, denn genau das ging ihr seit Tagen durch den Kopf.

»Nein, danke! Das ist nichts für mich«, lehnte Bo entschieden ab. So rasch, als hätte sie sich darüber auch schon Gedanken gemacht. »Ich kann weder kochen noch backen. Und nur im Service arbeiten, das wäre mir zu wenig.«

»Stimmt«, musste Kim zugeben. Das wäre ihr auf Dauer auch zu langweilig.

»Abgesehen davon, dass ich nicht weniger verdienen möchte als jetzt«, fügte Bo hinzu.

Kim nickte. Das war also keine Lösung. Es würde noch eine Weile so weitergehen mit ihnen: Kim hatte ihren Traumjob, während Bo ihren letzten Nerv in der Klinik verlor. Was für ein Mist!

KAPITEL
Achtzehn

Kim

Ganz so schlimm begann die folgende Woche dann doch nicht. Am Montagabend kehrte Bo mit einem Lächeln auf den Lippen nach Hause zurück.

»Stell dir vor, wir bekommen jetzt Supervision! Wie findest du das?«

»Supervision?«, wiederholte Kim erstaunt. Davon war in den letzten fünfzehn Jahren nicht die Rede gewesen. Wahrscheinlich war es eine Notbremse, bevor ihnen das Personal davonlief. Jetzt wurden also die Weichen für mehr konstruktives Miteinander gestellt. »Das hätte ich zu meiner Zeit auch gerne gehabt«, antwortete sie, ohne zu überlegen.

Bo grinste. »Donnerstag nach dem OP-Programm geht es los.«

»Schon?«

»Man muss das Eisen schmieden, solange es heiß ist«, sagte Bo. »Alle bereiten sich schon darauf vor, was sie sagen wollen. Das wird für den Supervisor eine ganz schöne Herausforderung.« Sie giggelte vor sich hin, wie Kim es schon lange nicht mehr gehört hatte. Keine Frage, Bo versprach sich viel davon. Hoffentlich wurde sie nicht enttäuscht.

»Machen denn alle mit?« Bei manchen konnte sich Kim das überhaupt nicht vorstellen.

»Die Geschäftsleitung hat uns zur Teilnahmepflicht verdonnert.« Nach einer Pause ergänzte sie: »Der Chef kommt natürlich nicht, aber das wissen schon alle.«

Kim lachte auf. »Alles andere hätte mich auch gewundert. Dabei hätte er es doch am nötigsten.« Damit war das Thema für sie beendet. Sie wollte nicht ausführlicher über ihn reden, noch nicht einmal an ihn erinnert werden. Sie lebte jetzt ein anderes Leben.

Kim bereitete ihnen noch eine Kleinigkeit zu, dann setzten sie sich auf das Sofa, legten sich ein paar Platten auf und sprachen über Themen, die weder das Krankenhaus noch die Patisserie betrafen. Es geschah ganz natürlich, als hätten sie sich abgesprochen.

Am Morgen radelte Kim jetzt eine halbe Stunde früher zur Arbeit. Wenn Bo bei ihr übernachtete, verkürzte sich dadurch ihre morgendliche Zeit am Frühstückstisch. Ihre Liebste war nicht gewillt, früher aus dem Bett zu kommen.

Das Angebot der Frühstücksbrötchen wurde von der Kundschaft sehr gut angenommen. Bei Kim stellte sich eine Routine ein, die sie in der Backstube noch schneller arbeiten ließ. Während der kurzen Zeit, in der sie jetzt da war, hatte sie sich als vollwertiges Zahnrad ins Team eingefügt. Während Bernd den Teig für die hellen Tafelbrötchen herstellte, machte sie die dunklen Brötchen und richtete Bleche und Körnervariationen her. Alles ging reibungslos. Kim konnte immer noch nicht glauben, wie entspannt man arbeiten konnte. Sie würde ihr Möglichstes tun, das Betriebsklima so gut zu erhalten.

Schon zu Anfang war ihr aufgefallen, dass die kreative Hingabe der beiden mit einem, wie sie fand, unverhältnismäßigen Zeitaufwand verbunden war. Gerade für die Törtchen brauchten sie sehr lange. Kim produzierte sie schon jetzt in kürzerer Zeit – und das ohne Qualitätsunterschied, weder optisch noch geschmacklich. Merkwürdig, dass sie sogar hier in der Patisserie ihre Gabe zur raschen Motorik einsetzen konnte. Dabei hätte sie durchaus etwas langsamer arbeiten und alles bewusster angehen können. Aber das wollte sie nicht. Es hätte sie gelangweilt und negativen Stress verursacht, wenn sie sich gebremst hätte. Natürlich fiel es den beiden auf. Vielleicht nagte es sogar an ihrem Selbstbewusstsein, von einer Quereinsteigerin bereits nach zwei Wochen überrundet zu werden.

Aber Bernd ertrug es mit Humor. »Du bist ja echt fix«, stellte er anerkennend fest, als er die Bleche mit Törtchen und Kuchen betrachtete, die Kim hergestellt hatte. »Die sehen aus wie meine und schmecken auch so. Aber du machst sie beinahe in der Hälfte der Zeit. Dabei habe ich mir immer eingebildet, ein Händchen dafür zu haben.« Er zuckte mit den Schultern. »Du nimmst mir die Illusion, etwas ganz Besonderes zu sein.«

Er lachte darüber, und Kim war erleichtert, wie leicht er das wegsteckte. In ihrer bisherigen beruflichen Laufbahn wäre eine solche Erkenntnis der Nährboden für Neid und Mobbing gewesen.

»Ich habe eine gute Ausgangsposition«, räumte Kim ein. »Ich muss nur das nachmachen, was ihr mir vorgebt. Und dabei habe ich die einzelnen Arbeitsschritte noch etwas optimiert. Das ist einfach. Die Idee ist das, was zählt.«

Bernd nahm ihren Einwand gerne an. »Dann ergänzen wir uns doch super«, sagte er, und sie lachten gemeinsam. »Von uns die Idee, von dir der letzte Schliff in der Herstellung. Aber die Sache mit den Brötchen am Morgen stammt von dir. Und die war echt gut.«

Das stimmte. Und sie war ein gutes Beispiel dafür, wie man mit wenig Aufwand den Tagesumsatz erhöhen konnte. Und nicht nur das: Kunden, die sich auf dem Weg zur Arbeit

Brötchen kauften, kehrten am Nachmittag oder am Wochenende zurück, oft in Begleitung eines Partners oder mit ihrer Familie, weil ihnen das romantische Ambiente des Cafés zugesagt hatte. So hatten sie mit Kims Idee doppelt gewonnen. Erik wollte mit der Stadtverwaltung verhandeln, ob sie die Stellfläche vor dem Café vergrößern könnten. Gerne hätten sie zwei weitere Tische dazugestellt. Darunter würde das schnuckelige Flair nicht leiden, und sie müssten nicht mehr so viel Gäste wegschicken, was nämlich immer öfter der Fall war. Das Café in der Altstadt bekam langsam Kultstatus. Auch die Nachfragen nach einem Mittagstisch wurden immer lauter, und Kim sah ihre Zeit gekommen, um mit Erik und Bernd die Möglichkeit einer Suppenküche zu besprechen.

»Ich würde zwei verschiedene Suppen anbieten, habe mir auch schon ein kleines Repertoire zurechtgelegt. Alle glutenfrei, dazu noch konsequent vegan, damit wir uns von anderen Anbietern unterscheiden. Wir sind eben anders.«

Erik und Bernd waren begeistert. »Das sollten wir zu unserem Slogan machen«, meinte Bernd. »Wir sind eben anders! Wie klingt das?«

»Fantastisch!«, bekräftigte Erik. »Und überhaupt könnten wir doch ab jetzt, wenn Kim auch dabei ist, eine große Regenbogenflagge raushängen.«

»Höchste Zeit«, sagte Bernd.

Kim fragte sich, warum sie das nicht schon längst getan hatten. Jetzt war es an der Zeit, ihr Profil zu schärfen.

»Ich könnte euch alle Rezepte detailliert aufschreiben. Wir schöpfen dann aus einem Fundus von ungefähr fünfzehn unterschiedlichen Suppen. Das würde doch ausreichen. Vielleicht kombinieren wir immer eine Bodenständigere und eine Exotische.« Kim hatte das Angebot des ersten Tages schon vor Augen. »Curry-Zitronengras-Suppe und Kürbissuppe. Wie käme das an? Oder habt ihr mal Rote-Beete-Suppe gegessen oder Zucchini-Erbsensuppe? Die ist echt der Hammer.«

»Und dazu gibt es unser Körnerstangenbrot – geröstet.« Erik war Feuer und Flamme.

Jetzt lag es an Bernd. Die Blicke der anderen ruhten auf ihm. Er nickte bedächtig. »Damit haben wir mit unserer Küche und Backstube unsere Möglichkeiten maximal ausgeschöpft, würde ich sagen.«

»Genau das haben wir.« Kim lächelte zufrieden.

Ihr Austausch hatte nicht länger als fünf Minuten gedauert, und sie hatten ihn geführt, als für einen kurzen Moment niemand im Laden gewesen war. Was waren sie doch für ein effektives Team!

KAPITEL
Neunzehn

Kim

»WIR BIETEN JETZT AUCH NOCH einen Mittagstisch an. Was sagst du dazu?«, erzählte Kim am Abend freudestrahlend. »Man hat die Wahl zwischen zwei verschiedenen Suppen, und dazu reichen wir getoastetes Körnerstangenbrot. Ich muss die nächsten Tage und Wochen mal an Rezepten feilen. Gibst du dich als Testesserin her?«

»Mal sehen«, sagte Bo nicht halb so euphorisch, wie Kim erwartet hatte.

»Schade, ich dachte, es würde dich auch begeistern«, gab sie offen zu.

»Tut es ja.«

»Hört sich nicht so an. Sieht auch nicht so aus. Wie war dein Tag?«

»Geht so.«

Sonderlich gesprächsbereit war Bo heute Abend nicht. Kim ließ es auf sich beruhen. So langsam nervte es sie jedoch, dass sie ihre gute Laune immer bremsen musste, um ihre Partnerin nicht zu belasten, die beruflich eine Scheißphase durchmachte – mal wieder oder immer noch, wer wusste das schon so genau. Ihre Unterhaltung versiegte, ehe sie richtig begonnen hatte.

»Hast du Hunger?«, fragte Kim. Sie hatte noch zwei Baguettes dabei, die übrig geblieben waren, und hatte auf dem Markt Käse und Gemüse gekauft. »Wenn du möchtest, mache ich uns noch einen Kichererbsen-Feta-Salat.«

»Oh, sehr gerne. Ich habe Hunger.«

Vielleicht rührte ihre schlechte Laune daher, sagte sich Kim. Sicher würde sie im Laufe des Abends redseliger werden. Sie verschwand in die Küche, während Bo nichts tat, wenn man auf dem Sofa fläzen als nichts bezeichnen konnte.

Kim deckte den Tisch und sagte wenig später. »Kommst du?«

Bo setzte sich ihr gegenüber hin. Es war ihr Stammplatz, wie so vieles in Kims Wohnung inzwischen Bo zugeordnet werden konnte. Eigentlich profitierte sie von Kims neuer Stelle, von ihrer Lebensfreude, ihrer Energie, und doch schien es sie nicht zu berühren.

»Wir hatten heute unser erstes Supervisionsmeeting«, sagte sie beim Essen.

»Ach, stimmt ja!« Kim hatte es ganz vergessen. »Und? Wie war es.«

»Nicht schlecht.«

So sah Bo überhaupt nicht aus. Kim betrachtete sie prüfend. »Aber?«

Bo zögerte mit der Antwort. »Es tut gut. Es kommt so ziemlich alles auf den Tisch, womit wir uns gegenseitig verletzen oder destruktiv auf das Arbeitsklima wirken.«

»Das ist doch gut.«

»Ja.« Bo zögerte nachdenklich, doch plötzlich sprudelten die Worte nur so aus ihr heraus. »Bei jedem Wortwechsel frage ich mich, was du dazu sagen würdest, wenn du dabei wärst. Wann du dich einmischen würdest und wem du Einhalt gebieten würdest. Du warst all die Jahre irgendwie das inoffizielle Rückgrat unseres OPs. Heike konnte die

Dinge noch nie so deutlich ausdrücken wie du. Das hat mir immer imponiert.«

Daher lief also der Hase. Bo haderte immer noch mit der Situation. Und dabei hatte Kim angenommen, sie hätte sich endlich damit zurechtgefunden. Aber Bo war noch weit davon entfernt.

»Weißt du, wie du mir langsam vorkommst?«, fragte Kim mit hörbarem Verdruss in der Stimme. »Ich hatte mal einen Freund. Ich glaube, es war mein zweiter oder dritter, auf jeden Fall war ich noch echt jung. Der fuhr ein tolles Motorrad, das mir gefallen hat. Eine 1100 Honda. Geiles Teil, und er sah auch sexy aus in seinen Klamotten und mit dem Helm, wenn er auf der Maschine saß. Damals habe ich mich Hals über Kopf in ihn verliebt. Das hielt genau so lange an, bis der Winter kam und man nicht mehr Motorrad fahren konnte. Dann kam er nämlich mit einem Golf daher gefahren, trug Schlotterjeans und Pulli. Und weißt du was? Ich fand ihn nicht mehr halb so attraktiv wie zu Anfang. Alles an ihm störte oder langweilte mich plötzlich. Vielleicht geht es dir ähnlich. Vielleicht solltest du dich mal fragen, ob du dich in die OP-Assistentin verliebt hast oder in die Frau. Wenn Ersteres der Fall ist, dann lass uns doch einfach die Konsequenzen daraus ziehen.« Kim fühlte sich von ihrem eigenen Zorn überfahren, aber plötzlich hatte sie genug von alldem.

Bo sah sie befremdet an und wich ihrem Blick dann für einen Moment aus. Als er zu ihr zurückkehrte, sagte sie: »Du verstehst nichts. Gar nichts.«

»Oh doch! Ich habe das Gefühl, ich verstehe dich immer besser.«

»Du warst einfach großartig, Kim. Das war *dein* Job!«

»Er hat mich krank gemacht. Kapier das endlich!«

»Nein«, sagte Bo deutlicher als jemals zuvor. »Es war nicht der Job, der dich krank gemacht hat. Es war der Chef und nichts anderes!«

»Ach, und seit wann weißt du das? Wann hat dich diese Offenbarung überkommen?«, höhnte Kim.

»Ich habe es von Anfang an vermutet. Er ist schuld daran! Ihm haben wir es zu verdanken, dass die beste Kraft hingeschmissen hat und jetzt an allen Ecken und Enden fehlt.«

»Bei dir vielleicht.«

»Nein, Heike sagt dasselbe. Heute hatte sie bestimmt dreimal erwähnt, dass, wenn Kim noch da wäre, es so oder so nicht laufen würde.«

»Genug jetzt!« Kims Tonfall wurde scharf. »Ich habe gekündigt! Kapier das endlich! Ich bin glücklich, so wie ich jetzt lebe. Verdammt noch mal! Warum kannst du das nicht endlich so stehen lassen? Du hast mir schon zigmal versprochen, meine Entscheidung zu akzeptieren, und doch liegst du mir immer mit derselben Leier in den Ohren.«

»Ich habe versucht, es zu akzeptieren, aber es geht nicht!« Auch Bo war lauter geworden. Sie schüttelte unwillig den Kopf. »Vielleicht ist es besser, wenn ich heute Abend mal in meine eigene Wohnung gehe.«

Jetzt, nachdem du satt geworden bist, verkniff sich Kim zu sagen. Sie war doch nicht nur die Anlaufstelle fürs Abendessen und Blitzableiter für ihre schlechte Laune.

Bo stand auf, und Kim hielt sie nicht zurück. Sie sah dabei zu, wie Bo ihre Sachen zusammensuchte: ihr Buch, das sie gerade las, ihr Handy, ihr iPad, Kopfhörer. Sie ging ins Bad, kehrte in den Flur zurück und stopfte alles in eine kleine Umhängetasche, die sie immer mit sich trug.

»Ich geh dann mal.«

»Tschüss!«, sagte Kim kurz angebunden. *Mach doch, was du willst!* Ein paar Tage Pause täten ihnen sicher gut.

Bevor Bo die Tür hinter sich schloss, sagte sie noch: »Ich frage mich, wie lange du glücklich sein wirst. Du bist jetzt noch keinen Monat dabei und hast in dieser Zeit schon die Brötchen am frühen Morgen und jetzt den Mittagstisch eingeführt. Ich frage mich, was machst du nächsten Monat und was übernächsten? Wirst du dich nicht langweilen, wenn du nichts mehr verändern kannst?«

»Nein«, brüllte Kim. »Das werde ich nicht, denn ich habe

nette und wertschätzende Menschen um mich herum, im Gegensatz zu dir. Aber dass du niemand Nettes mehr um dich hast, dafür kann ich nichts, damit musst du selbst klarkommen.«

Bo verschwand und die Tür fiel hinter ihr ins Schloss. Keinen Moment zu früh, bevor Kim ihr noch ganz andere Sachen an den Kopf geworfen hätte! Sie war zornig wie schon lange nicht mehr. Was erlaubte Bo sich eigentlich?

Aufgewühlt ging sie ins Wohnzimmer zurück, ließ sich auf ihr Sofa fallen – demonstrativ genau an den Platz, wo Bo üblicherweise saß –, streckte die Beine aus und schaltete den Fernseher ein. Erst nach einiger Zeit fiel ihr die Zeitung auf, die auf dem Tisch lag. Der Ammersee Kurier. Nur eine Seite davon. Kim entfaltete sie und las die Überschrift: *Hofbesitzer verunglückt.* Sie überflog den Artikel und blieb an einer Zeile hängen. *Er hatte unerhörtes Glück, dass sich zwei Frauen in der Nähe befanden, die sofort Erste Hilfe leisteten. Ohne die kompetente Versorgung durch die beiden OP-Assistentinnen wäre die Sache nicht so glimpflich ausgegangen,* resümierte der Schreibende am Ende des Artikels.

Soso. Kim zerknüllte das Blatt Papier. Zwei OP-Assistentinnen. Von wegen! Sie war keine mehr und wollte es auch nicht mehr sein. Bo und die ganze restliche Welt sollten das endlich mal zur Kenntnis nehmen.

KAPITEL
Zwanzig

Kim

ALS SIE INS Bad ging und sich die Zähne putzte, sah sie es: Bo hatte ihre Zahnbürste mitgenommen. Alle Vorwürfe, die in den letzten zwei Stunden in ihrem Geist herumgewandert waren, verschwanden augenblicklich. Warum hatte Bo ihre Zahnbürste mitgenommen? Hieß das, dass sie nicht vorhatte, zu Kim zurückzukehren? War das ihre Art, Schluss zu machen? Kim wurde siedend heiß. Ein ungutes Gefühl überkam sie. Am liebsten hätte sie Bo angerufen, aber jetzt war es zu spät. Bo hatte morgen einen harten Arbeitstag vor sich – im Gegensatz zu ihr.

Am Morgen stand sie auf, frühstückte und fuhr mit dem Fahrrad in die Altstadt. Sicher hatte auch sie einiges zu tun, aber der psychische Druck war mit Bos Tätigkeit nicht zu vergleichen. Kim fühlte sich eher wie im Urlaub, wenn sie verzierte, dekorierte, die Backstube sauber machte. Manchmal, wenn sie in der Küche hantierte, überkam sie immer noch der Gedanke, dass etwas fehlte: die sterile Kleidung, die Handschuhe, der Mundschutz. Sie durfte sich hier ganz frei bewegen. Es reichte aus, die Hände zu waschen. Das war alles sehr erleichternd.

Warum um Himmels willen stellte sich Bo so an?

Die Frage trieb sie den ganzen Tag um, doch sie fand keine Antwort darauf. Also stürzte sie sich noch mehr in die Arbeit. Sie bediente Gäste, kassierte ab, stand hinter der Theke, war überall gleichzeitig. Sie hielt Erik den Rücken frei, der sich gerade an einer neuen Cremeschnittenversion versuchte, und Bernd war wieder mal bei der Stadtverwaltung. Also schmiss sie den Laden quasi allein.

Am Nachmittag fing es an zu regnen. Die vier Sonnenschirme draußen mussten abgebaut, die Tischdekoration abgeräumt, die Stühle gekippt werden.

»Ich helfe dir gleich«, rief Erik aus der Küche.

Bis er kam, war Kim fertig mit allem.

»Sag mal, kannst du zaubern?«, fragte er verblüfft, als er sich umsah. »Du bist ja wahnsinnig schnell.«

»Jahrelange OP-Assistenz. Da sitzt jeder Handgriff«, konterte Kim, um ihn aufzuziehen, doch als sie es gesagt hatte, blieb ihr das eigene Lachen im Hals stecken. Es war ihr schon wieder passiert.

Erik verschwand wieder in der Backstube, und sie stand da und überlegte. Die ganze Zeit regte sie sich über Bo auf, die endlich umdenken sollte, und dann rutschte ihr selbst immer noch ein solches Statement raus? *Jahrelange OP-Assistenz,* wiederholte sie in Gedanken. Und das, obwohl sie hier ein neues Aufgabenfeld gefunden hatte. Ihre berufliche Vergangenheit war nicht zu leugnen, sie war nun mal ein Teil von ihr. Fünfzehn Jahre hatte sie in diesem Beruf gearbeitet, und sie hatte es gerne getan, war darin aufgegangen. Außerdem war sie eine der Besten gewesen, behauptete zumindest Bo.

Der Gedanke an Bo haftete den ganzen restlichen Tag an Kim und ließ sich nicht mehr abschütteln. Sie musste mehr Geduld mit ihr haben. Alles brauchte eben seine Zeit.

Am Nachmittag – der Regen hatte inzwischen wieder

aufgehört – entdeckte sie draußen ihren Vater unter den anderen Gästen. Er saß allein an einem Tisch und las die Zeitung.

»Was machst du denn hier?«, fragte sie irritiert, weil er nicht reinkam, sie nicht begrüßte, sondern nur hier saß und sich entdecken ließ.

»Ich möchte gerne eine Tasse Kaffee trinken. So etwas gibt es doch bei Ihnen, oder nicht?«

Was sollte dieses doofe Spiel? Wollte er witzig sein? Also machte sie mit. »Ja, gibt es. Sonst noch etwas dazu? Sandwich? Kuchen?«

»Ich schau mal in die Karte.«

Sie verdrehte die Augen und ging hinein, brachte ihm eine Tasse Kaffee und stellte sie formvollendet vor ihm ab. »Bitte schön.«

Er sah sich demonstrativ um. »Der Laden läuft gut. War eine gute Investition, findest du nicht?«

»Ja.«

Sein Blick wurde vom Nebentisch angezogen. Eine Familie mit einem kleinen Kind saß da, das lautstark quengelte. Sein Blick sprach Bände. Sie kannte dieses Gesicht. Sie wusste, was er dachte. Und tatsächlich murmelte er: »Manche Eltern können einfach keine Kinder erziehen.«

»Ja, so wie du«, sagte sie, ohne lang darüber nachzudenken.

Um seine Mundwinkel herum zuckte es.

»Wenn man sich selbst aus der Verantwortung gestohlen hat, darf man anderen keinen Vorwurf machen.«

Er tat, als hätte sie nichts gesagt. »Gibt es auch Pflaumenkuchen?«, fragte er stattdessen.

Sein aufgesetztes Lächeln regte sie maßlos auf. »Ja«, presste sie heraus.

»Dann hätte ich gerne ein Stück. Mit Sahne.«

Sie ging, brachte ihm den Kuchen und stellte ihn etwas unsanft vor ihm ab, bevor sie sich dem anderen Tisch zuwandte. Sie kassierte ab, wechselte noch ein paar freundliche Worte mit den Gästen und nahm das Lob an die Backstube entgegen. Sie fragte sich, warum es ihr nicht möglich war, freundlich mit ihrem Vater zu reden. Er hatte ihr finanziell unter die Arme gegriffen, um ihre Teilhaberschaft zu ermöglichen, und doch ging ihr jedes Mal die Hutschnur hoch, wenn sie ihn zu sehen bekam.

»Hat er dich dumm angemacht?«, fragte Bernd interessiert, als sie ihm das Lob der anderen weitergab.

»Wer?«

»Na, der Mann da draußen.« Sein Kopf wies zu dem Tisch, an dem ihr Vater saß.

»Nein. Das ist nur mein Vater«, sagte Kim kurz angebunden. »Mach dir keinen Kopf.«

Bernd stellte das Tablett, das er in Händen hielt, auf dem Tresen ab und sah sie entsetzt an. »Das tut mir leid.«

Sie fragte sich, was ihm daran leidtat, als sie hinausging, einen Tisch abwischte und für die nächsten Gäste herrichtete.

»Schmeckt lecker«, rief ihr Vater zu ihr hinüber. Sie sah sein wohlwollendes Nicken aus den Augenwinkeln.

»Dann ist ja gut.« Jemand fragte nach der Rechnung. »Ich komme!«, antwortete sie sofort und kam sogar Bernd zuvor, der sich schon dem Tisch zugewandt hatte. Sie wollte keinesfalls genug Zeit aufkommen lassen, in der sie sich für einen Moment zu ihrem Vater hätte setzen können.

»Das Verhältnis zu deinem alten Herrn ist wohl nicht das beste«, meinte Bernd, als sie sich wenige Minuten später hinter der Theke trafen. Er war um einen leichten Tonfall bemüht.

»Nein. Ich glaube, das ist es nicht.«

Bernd fragte nicht weiter. Aber sein fast trauriger Blick fiel ihr auf.

»Er hat sich nicht viel um mich gekümmert, als ich ihn gebraucht hätte, und jetzt habe ich kein Bedürfnis, mich um ihn zu kümmern.«

Bernd nickte. »Manche Fehler im Leben sind nicht wiedergutzumachen.« Einen Augenblick später schob er hinterher:

»Ich bin so froh, dass Erik und ich ein so harmonisches Verhältnis zu unseren Eltern haben.«

Er sagte es mit so viel Dankbarkeit in der Stimme, dass es Kim einen Stich versetzte. Hatte es da nicht ein Problem mit Eriks Mutter gegeben? War sie nicht gegen das Café gewesen? Und trotzdem sprach Bernd von einem harmonischen Verhältnis. *Die beiden sind schon süß.*

Erst viel später, als sie schon nach Hause radelte, griff sie diesen Gedanken noch einmal auf. Litt sie eigentlich selbst unter dem Mangel an Nähe zu ihrem Vater? Man konnte nicht behaupten, dass der reduzierte Umgang nichts mit ihr machte.

KAPITEL
Einundzwanzig

Bo

Die Arbeit im Krankenhaus war nicht mehr dieselbe ohne Kim. Sie fehlte überall.

Bo warf einen Blick auf den Plan. Sie war für zwei größere Operationen eingeteilt und musste anschließend noch bei einer kleinen Amputation auf der Chirurgie assistieren: die Abnahme zweier Zehen unter Lokalanästhesie. Eine Sache von fünf Minuten.

Doch zuerst die Galle in Saal vier. Als sie an Saal eins vorbeiging, dachte sie nur eines: Kim arbeitete nicht mehr hier. Gleich würde Heike dort das Besteck richten. Der Chef war leiser geworden. Sicher war er nach wie vor cholerisch, aber nach Kims Fortgehen erschien er geradezu leblos. Zurzeit gingen sogar Gerüchte um, er wolle in absehbarer Zeit in Rente gehen. Wahrscheinlich war kein Funken Wahrheit daran. Aber, wenn doch? Vielleicht wären sie den Kotzbrocken wirklich bald los. Es versetzte ihr einen Stich. Wenn Kim das doch noch miterlebt hätte! War sie nicht einfach nur ein paar Monate zu früh gegangen?

Hatte Kim die Teilhaberschaft an der glutenfreien Patisserie nur Bo zuliebe so forciert? Seit sie davon wusste, litt sie unter einem schlechten Gewissen. Dass ihre Allergie Kims Entscheidung beschleunigt oder gar herbeigeführt haben könnte, war ein ganz und gar unerträglicher Gedanke.

Und nein, sie gewöhnte sich nicht daran, dass Kim nun fort war. Im Gegenteil, es schien mit jedem Tag schlimmer zu werden. Kim fehlte ihr so sehr, dass sie sich hier nicht mehr wohlfühlte.

Wie oft dachte sie tagsüber: *Da hätte Kim aber etwas gesagt*, oder: *Da wäre Kim aber eingeschritten. So etwas hätte es mit ihr nicht gegeben*. Sie hatte sie bewundert, jahrelang. Hatte Kim recht? Hatte sie sich vornehmlich in die OP-Fachkraft verliebt? Hatten ihre Gefühle für Kim gelitten, seit sie in der Patisserie arbeitete?

»Wie geht es Kim? Hast du mal was von ihr gehört?«

Bo zuckte zusammen, als Heike plötzlich neben ihr auftauchte.

»Oh Gott, hast du mich erschreckt.«

»Sorry. Ich dachte nur, ich frag mal nach. Du siehst sie doch weiterhin, oder?«

»Natürlich, wir sehen uns täglich«, erwiderte Bo ungewöhnlich ungehalten. Hatte Heike nicht begriffen, dass sie beide ein Paar waren, oder wollte sie es nicht begreifen?

Es war ihr egal, dass ihre Antwort nicht der Wahrheit entsprach. Tatsächlich hatte sie Kim seit zwei Tagen nicht gesehen. Sie schrieben sich Textnachrichten oder telefonierten miteinander und hatten sich versichert, sich um andere dringliche Angelegenheiten kümmern zu müssen. Dabei war es ihnen beiden um etwas Abstand gegangen.

»Es geht ihr sehr gut in ihrem neuen Job«, sagte Bo wahrheitsgemäß.

»Sie arbeitet jetzt echt als Bäckerin?« Heike sprach das Wort aus, als würde es sie besondere Überwindung kosten.

»Nicht nur. Sie betreibt mit zwei sehr netten Menschen eine Patisserie mit allem Drum und Dran. Sie ist ein Allround-Talent mit laufend neuen Ideen.«

Heike lachte. »Schön zu hören. Sie hat sich … wie soll ich sagen … erholt?«

Erholt? Erholt man sich von Depressionen oder lebt man vielmehr mit ihnen? »Ja, ich denke schon.«

Heike seufzte.

»Warum fragst du?«, wollte Bo wissen.

»Irgendwie hoffe ich immer noch darauf, dass sie zumindest für ein oder zwei Tage die Woche zurückkommt.« Sie lachte selbst über ihre Naivität, bevor sie sich daranmachte, die Instrumente aus dem Regal zu ziehen. »Dann wollen wir mal. Schaffs gut«, sagte sie noch und machte sich davon.

Bo rollte ihren vollgepackten Wagen ebenfalls weiter. *Interessant,* dachte sie. *Ganz offensichtlich bin ich nicht die Einzige, der es schwerfällt, ohne Kim auszukommen.*

Nach Feierabend schrieben sie kurz miteinander. Kim würde auch am Wochenende keine Zeit haben, sie arbeitete Samstag und Sonntag. Zum ersten Mal würde Bo ihr Wochenende allein verbringen. Schade! Sie vermisste die Ausflüge mit dem Bulli. Einen Moment lang war sie versucht, Kim zu fragen, ob sie ihn ausleihen konnte, sah dann aber davon ab. Mit dem Bulli ohne Kim war es dasselbe wie im Krankenhaus ohne Kim. Nichts davon machte Bo glücklich.

KAPITEL
Zweiundzwanzig

Kim

KIM GENOSS ES, mit dem Fahrrad durch die schöne, alte Kernstadt zu radeln und über die Pflastersteine zu hoppeln. Das hatte etwas. Auf ihrem Gepäckträger befand sich nun ein fest verschraubter Korb, und sogar am Lenker hatte ihr der freundliche Fahrradhändler ein geflochtenes Körbchen montiert, in dem man auch kleine Hunde transportieren konnte. Ihr Fahrrad sah allerliebst aus, und sie genoss die umweltfreundliche Art, zur Arbeit zu gelangen, die ihr auf dem Heimweg genug Möglichkeiten bot, frische Nahrungsmittel einzukaufen. Die Patisserie lief weiterhin sehr gut, das Verhältnis zu Erik und Bernd war nach wie vor herzlich und wurde mit jedem Tag vertrauter. Kurzum: Das Leben war wunderbar.

Wenn nur Bo sich nicht so angestellt hätte.

Der Tag brachte noch einmal sommerliche Hitze mit sich. Sie staute sich in der Innenstadt. Die Patisserie machte ordentliche Umsätze mit kühlen Getränken. Holunterblütenschorle mit Eis und einem Zweig Rosmarin wurde der Renner des Tages, aber Kim mochte Eriks selbst gemachte Zitronenlimonade beinahe noch mehr. Sie schmeckte nach Urlaub. So bot die Patisserie den Gästen einige Stunden Erholung.

Ihre Gedanken wanderten jedoch immer wieder zu Bo. Heute nach Feierabend musste sie unbedingt vorbeikommen. Es würde ihr guttun, im Café zu pausieren und sich den Genüssen des Lebens hinzugeben. Man konnte nicht immer nur arbeiten.

Kim wurde bewusst, dass sie ihre Tätigkeit hier immer noch nicht als Arbeit empfand, sondern eher wie eine Rehamaßnahme nach ihrer Depression. Und sie hatte ein Recht darauf, ihr monatliches Einkommen auf eine leichtere Weise zu verdienen, auch wenn Bo sich immer noch nicht damit abfinden konnte.

Seit drei Tagen hatten sie sich nicht mehr gesehen. Bo hatte zu Hause mal wieder Großputz machen und sich mit einer Freundin von früher treffen wollen. Oder hatte sie das nur vorgeschoben?

Ich kann dir nach Feierabend eine Zitronenlimo anbieten. Bei uns ist es schön!, schrieb sie Bo. Es war halb vier, und ihre Schicht musste bald zu Ende gehen.

Es dauerte nur wenige Minuten und Bo antwortete: *Gibt es noch einen Platz in der Sonne?*

Bei uns immer. Sie fügte einen Smiley hinzu, tat, als hätte es keine Diskrepanzen zwischen ihnen gegeben. Dabei fiel ihr ein, dass sie Bo nicht gefragt hatte, warum sie ihre Zahnbürste mitgenommen hatte. Ausgerechnet sie, die sonst nicht auf den Mund gefallen war, fragte bei so etwas Banalem nicht nach. Vielleicht gerade deswegen: aus Angst, sich lächerlich zu machen.

»Es gibt Gerüchte, dass der Chef demnächst gehen wird«, sagte Bo unmittelbar, als sie für einen Augenblick gemeinsam in der Sonne saßen. Sie wirkte angespannt, und die Aura der klinischen Arbeitsatmosphäre haftete ihr noch an.

»Der Chef geht?« Kim traute ihren Ohren nicht.

»Heike sagt, sie hat es von einer sicheren Quelle gesteckt bekommen, was auch immer das heißen soll.«

»Das wäre doch wunderbar. Endlich!«

Bo saugte an ihrem Strohhalm, nahm einen großen Schluck. »Heike hat wirkliche Not. Zwei Kolleginnen sind schwanger, eine hat gekündigt.«

»Das tut mir leid.«

Bo machte eine lange Pause, dann sagte sie in betont leichtem Tonfall: »Du könntest für ein paar Stunden aushelfen. Damit wäre ihr sehr geholfen.«

Kim wusste plötzlich, dass Bo in offiziellem Auftrag von Heike fragte. Das hier war eine abgekartete Sache. »Was soll das, Bo?«, fragte sie harsch.

Doch Bo ließ sich nicht einschüchtern. »Ich könnte an den Tagen, an denen du in der Klinik bist, hier den Service übernehmen. Natürlich kann ich nicht backen, aber ich könnte bedienen und abkassieren.«

So weit war es also schon gekommen! Bo hatte bereits Pläne für ihre Rückkehr gemacht.

»Was soll das?«, fragte sie zum zweiten Mal.

»Ich meine ja nur. Du könntest zweigleisig fahren. Du kannst im Café weitermachen und dich für ein paar OPs in der Woche einteilen lassen. Heike würde dir da entgegenkommen. Zwanzig oder dreißig Prozent Festanstellung.«

»War's das?«, fragte Kim abweisend.

Auch das schien Bo nicht zu erschrecken. »Kim, du bist Mitte dreißig. Vielleicht willst du irgendwann doch zurückkehren, und dann ist der Zug abgefahren. Dann hat sich im OP so viel verändert, dass du nicht mehr reinkommst. Aber so könntest du dich immer auf dem Laufenden halten und müsstest trotzdem die Patisserie nicht aufgeben. Ich würde mich an meinen freien Tagen hier einbringen. Versprochen!«

»Das habt ihr euch ja fein ausgedacht, Heike und du.« Die Erkenntnis, dass Bo dermaßen wankelmütig war, frustrierte sie. Es reichte wohl ein Gespräch mit ihrer ehemaligen Teamleitung, und schon übernahm sie deren Meinung.

»Ich denke ja nur …«

»Ich hatte angenommen, das Thema wäre für uns beide vom Tisch und du hättest meine Entscheidung endlich akzeptiert.«

»Der Chef ist weg, Kim. Sie würden dich mit Handkuss zurücknehmen.«

»Du begreifst nicht, was mir im Leben wichtig geworden ist.«

»Wichtig? Willst du dich dein ganzes restliches Berufsleben um die banalen Wünsche deiner Gäste kümmern? Ist das dein ganzer Lebensinhalt geworden?«

Kim wäre am liebsten aufgesprungen und hätte Bo einfach sitzen lassen. »Du hältst Operieren für wichtiger, als hier bei einer Tasse Kaffee zusammenzusitzen?«

Bos Schweigen war deutlich genug.

»Ich werde dir mal was sagen: Anfangs hat es mich überrascht, wie leicht man sein Geld verdienen kann, ohne sich Abend für Abend mit schmerzenden Beinen nach Hause zu kämpfen, physisch und psychisch ausgelaugt. Natürlich habe ich meine bisherige Arbeit als gesellschaftlich hochwertiger empfunden, und ich habe Erik und Bernd und ihren Traum von der heilen Welt in dieser Blase der Glückseligkeit belächelt. Sie erschienen mir weltfremd, als würden sie die harte Realität einfach leugnen. Aber ich weiß jetzt, dass sie das mit dem glücklichen Leben besser draufhaben als ich. Sie haben ein Ziel, für das sie sich aufopfern. Das Ziel, die Welt schöner zu machen, Begegnungen zu ermöglichen. Und die beiden haben den Mut, sich Menschen zu stellen, die ihnen wertvoll sind. Sie können so viel mehr als ich. Ich habe ein gestörtes Verhältnis zu meinem Vater und weigere mich, daran zu arbeiten. Ich habe ein gestörtes Verhältnis zu meinem ehemaligen Chef. Du hast Angst davor, dass ich zu wenig Sinn in meinem Leben finde? Ich sage dir, was mein Sinn ist: Mit mir selbst ins Reine zu kommen, der Welt etwas zu geben,

Menschen glücklich zu machen, insbesondere die mit Unverträglichkeiten. Ich möchte kreativ sein und etwas erschaffen. Ich möchte dieses abgestorbene, destruktive Gefühl in mir loswerden. Und ich möchte denselben Mut haben, auf Menschen zuzugehen, wie Bernd und Erik.«

»Aber das kannst du! Du hast im OP immer …«

»Ja, ich konnte mich durchsetzen, ich habe immer für das Gute gekämpft, aber ich bin selbst auf der Strecke geblieben. Ich habe menschliche Defizite, die ich erst richtig erkenne, seit ich weg bin.« Kurz überlegte Kim, ob sie es sagen sollte, aber da sie schon so in Schwung war, konnte sie genauso gut weitermachen. »Ich habe noch nicht einmal den Mut, die Frau, die ich liebe, zu fragen, warum sie ihre Zahnbürste mitgenommen hat, als sie neulich gegangen ist.«

Bo verschlug es die Sprache. Als sie sie wiederfand, stotterte sie: »Aber Kim, das war doch nur … Ich mag sie lieber als die, die ich zu Hause habe, und dachte …«

»Ich muss jetzt wieder arbeiten.« Damit erhob Kim sich und räumte die beiden Gläser ab, ungeachtet der Tatsache, dass Bo noch nicht ausgetrunken hatte. Sie sah nicht mehr zurück, als sie ins Café trat.

Das hatten sie sich fein ausgedacht, Heike und Bo. Kim fühlte sich verraten. Hatte ihre Beziehung überhaupt noch eine Chance?

KAPITEL
Dreiundzwanzig

Bo

Bo war wie betäubt. Sie war zu weit gegangen, hatte es völlig versiebt. Tränen stiegen in ihr auf, als sie durch die Gassen der Altstadt davoneilte. Dabei war sie so überzeugt gewesen, das Richtige zu tun. Kim hatte ihren Job immer geliebt, und sie liebte Kim. Was, wenn Kim den OP eines Tages vermissen würde? Hatte die Arbeit nicht zu ihrer Persönlichkeit gehört, ihrem Leben Sinn gegeben? Der Chef hatte ihr all das vermiest. Jetzt war er weg, und seitdem keimte Hoffnung in Bo, dass Kim zurückkehren könnte.

Sie hatten einen Plan – sie und Heike! Es wäre ein Kompromiss, der allen Wünschen gerecht werden würde. Es war noch nicht zu spät, um zurückzukehren. Heike hatte Kim beste Konditionen in Aussicht gestellt. Die Krankenhausleitung würde sie in derselben Gehaltsstufe wieder einstellen und auch die Betriebsrente weiterhin übernehmen. Kim hätte nichts verloren. Im Gegenteil, sie durfte ihre Arbeitstage bestimmen, und Bo würde sie im Café ersetzen, soweit es möglich war. Bo war sich sicher gewesen, dass Kim ihr eines Tages für ihr Engagement dankbar gewesen wäre, sie war sogar schon drauf und dran gewesen, ihren Plan mit Erik und Bernd zu besprechen. Jetzt war sie froh es nicht getan zu haben.

Kim war stinksauer und empfand Bos Einsatz für sie als übergriffig. Es konnte also nicht beides geben: die Patisserie und die Klinik. Kim würde nicht in den OP zurückkehren. Auch nicht, nachdem der Chef weg war, nicht, nachdem sie alle Supervision bekamen und die Zusammenarbeit mit jedem Tag wieder besser wurde. Für Kim war das Thema Krankenhaus abgehakt. Es war diese Endgültigkeit, die so wehtat, dass Bo sie bis zuletzt nicht hatte sehen wollen. Kim war ausgestiegen und würde niemals zurückkehren, egal wie positiv die Umstände wurden. Es würde nichts mehr bringen.

Nichts. Niente. Nada.

KAPITEL
Vierundzwanzig

Kim

Der Herbst zog ein. Am Morgen war es diesig und nasskalt, wenn Kim zur Patisserie radelte. Es passte zu ihrer Stimmung. Als hätte die Natur eine Pause eingelegt – genau wie ihre Beziehung. Sie hatten sich seit Tagen nicht gesehen und auch nicht per Textnachricht kommuniziert. Obwohl das nicht ganz stimmte: Bo hatte Kim eine Nachricht geschickt, die sie jedoch nicht beantwortet hatte. Und als sie Tage später endlich miteinander telefonierten, hatte Kim sich eine Auszeit erbeten. Bo hatte geweint, aber es hatte nichts an ihrer Entscheidung geändert. Zu oft hatte sie schon geglaubt, Bo würde ihren Karrierewechsel respektieren, und immer wieder war sie eines Besseren belehrt worden. Eine Pause würde ihrer Beziehung guttun. Vielleicht war Bo einfach noch zu jung, um Kim zu verstehen. Vielleicht war sie wirklich wankelmütig, dachte Kim manchmal. Auf jeden Fall tat etwas Abstand gut.

Kim stürzte sich in die Arbeit, blieb gerne länger, saß mit Erik und Bernd auch nach Ladenschluss im Café, das mehr und mehr zu ihrer Heimat wurde.

»Es ist sehr auffallend, das mit deinem Vater«, bemerkte Bernd eines Tages.

»Ich weiß. Aber da ist irgendetwas tot in mir. Ich kann ihm nicht verzeihen, wie er früher war.«

»Aber du bist doch jetzt glücklich. Wir beide sind so froh, dass du da bist. Was jucken dich jetzt noch die Versäumnisse deines Vaters? Wenn Erik und ich da mal aufzählen würden, wer uns da früher …«

»Ich finde es selbst unmöglich. Aber wenn er sich immer so darstellt, als hätte er alles richtig gemacht, könnte ich ihm an den Kragen gehen.«

»Dann brauchst du eben noch etwas Zeit und die richtige Gelegenheit, um ihm das zu sagen«, meinte Erik. »Solche Dinge kann man nicht so schnell verzeihen.«

Es tat gut, was er sagte, und Kim bediente mit doppelter Freude den Kaffeeautomaten. Inzwischen war sie zu einem Kaffeevollprofi mutiert. Keine Spezialität verursachte ihr noch Probleme. Sie konnte innerhalb kürzester Zeit Espresso, doppelten Espresso, Espresso Macchiato, Cappuccino mit Hafer- oder Sojamilch, Latte macchiato, Soja-Milchkaffee oder Café Americano herstellen. Und nicht zu vergessen, die Spezialität des Hauses: Nuss-Nugat-Macchiato. Er bestand aus einem Esslöffel veganer Nussnugatcreme, wurde mit Sojamilchkaffee aufgegossen und bekam ein Häubchen Sojasahne obendrauf. Dasselbe gab es natürlich auch in der Ausführung mit Hafermilch, obwohl er mit Sojamilch eindeutig besser schmeckte. Es war so einfach, Menschen glücklich zu machen und ihnen eine kleine, genussvolle Auszeit zu gönnen.

Heute kam sogar Bernds leibliche Tochter zu Besuch – im Kinderwagen in Begleitung ihrer beider Mütter. Kims Herz ging auf beim Anblick der beiden jungen Frauen und ihres Familienglücks. Bernd hatte sich als Samenspender zur Verfügung gestellt, und so waren er und Erik so etwas wie Pateneltern für das Kind geworden. Eine gleichberechtigte Teilhabe an der Erziehung war zwar nicht vereinbart, aber das Kind sollte von Anfang an Umgang mit seinem leiblichen Vater pflegen. Manchmal sprangen die beiden sogar als Babysitter ein. Sie waren hin und weg von der Kleinen, und Kim spürte einen kleinen Stich, als sie sah, wie liebevoll die beiden Männer um ihre Tochter bemüht waren.

»Ja, wer kommt denn da? Die goldigste Maus auf der ganzen Welt!«, rief Erik entzückt.

Kim wunderte sich, wie sehr die beiden zu Glucken mutierten, kaum dass die Mama das Kind aus dem Kinderwagen nahm. Aber auch sie schmolz dahin bei seinem Anblick. Die unschuldige Neugier in dem kleinen Gesicht löste in Kim etwas aus. Plötzlich dachte sie: *Das Alte ist es nicht wert, daran kleben zu bleiben.* Wie konnte sie ein anderes Leben führen wollen, wenn sie ihrem Vater immer noch grollte? Kim nahm sich vor, sich zu ihm zu setzen und mit ihm zu reden, wenn er das nächste Mal kam. So richtig mit ihm zu reden. Kein Small Talk. Sie würde ihm sagen, wo er versagt hatte, womit er sie verletzt hatte. Zumindest würde sie den Anfang machen.

Die beiden Mütter setzten sich hinein, bekamen alles serviert, was sie sich wünschten – umsonst natürlich. Bernd und Erik waren in jeder Hinsicht großzügig. Es hatte etwas von einem Familientreffen, und Kim war mittendrin, denn auch sie gehörte dazu.

»Im Supermarkt gibt es schon Lebkuchen«, sagte eine der Mütter. »Habt ihr euch auch schon auf die Weihnachtszeit eingestellt?«

»Oh Gott, nein!«, stöhnte Kim. Gefühlt war der Sommer doch gerade erst vorüber.

Aber Bernd hatte sehr wohl einen Plan. »Demnächst werden wir mit Schokolebkuchen und Honigbrot anfangen. Ich habe da ganz leckere Rezepte gefunden.«

»Echt? Schon?«, entfuhr es Kim.

Nun ja, es war Mitte Oktober. Zeit, sich auf den Advent einzustellen. Kim war gespannt, wie es sich dieses Jahr für sie anfühlen würde. Wahrscheinlich würde sie Weihnachten zum ersten Mal völlig tiefenentspannt erleben. Sie musste kein ausschweifendes OP-Programm mehr kurz vor den Feiertagen bewältigen, weil sich zum Ende des Jahres immer ein Operationsstau bildete. Nein, sie würde täglich durch die Altstadt radeln, genüsslich die Veränderung der Innenstadt wahrnehmen, die Lichterketten und Dekoration auf sich wirken lassen, die geschmückten Schaufenster genießen. Niemand würde sie zu etwas drängen, was sie nicht wollte. Sie dachte an Bo und ihren verräterischen Versuch, Kim zurück in die Klinik zu locken.

»Haben wir über die Feiertage geschlossen, oder bleiben wir auf?«, fragte sie Bernd und Erik. Ihr war beides recht. Sie hatte nicht vor wegzufahren und fühlte sich nicht erholungsbedürftig.

»Bisher hatten wir immer geschlossen und erst nach Sylvester wieder geöffnet. Aber da waren Bernd und ich ja noch allein«, antwortete Erik. Er schob nachdenklich die Unterlippe vor.

»Wir sind bei meiner Mutter zum Gans-Essen eingeladen, sonst würden wir sofort herkommen«, versicherte eine der Mamas lachend. Sie sah sich bewundernd um. »Hier hätte man das richtige Ambiente für Heiligabend.«

Jetzt, wo sie es sagte, musste Kim ihr Recht geben. Nirgendwo konnte es behaglicher sein. Man könnte den Kanonenofen anheizen, Backofen und Kochfelder hatten sie auch. »Gänsebraten würden wir hier auch hinbekommen«, sagte sie.

Bernd und Erik sahen sich an.

»Warum eigentlich nicht? Wir könnten Heiligabend hier feiern.« Bernd grinste wie ein kleiner Junge. »Also als Sammelstelle für all diejenige, die nicht das Glück haben, bei ihrer Mutter eingeladen zu sein.« Er lachte gutmütig.

»Wenn ihr es wirklich vorhabt, bin ich dabei und koch uns was«, versprach Kim.

. . .

Der November blieb anfangs so mild wie der Oktober. Er brachte sogar noch einige Tage, an denen es möglich war, eine Tasse Kaffee im Freien zu trinken. Dafür verteilten sie Decken und Kissen auf den Stühlen. Erst in der Mitte des Monats kippte die Stimmung. Mit dem letzten herabfallenden Laub wurde es trist und kalt, und die Gäste der Patisserie zogen sich ins Innere zurück. Erik legte Schaffelle auf die Sitzbänke und zündete an den nasskalten Tagen ein Feuer in dem kleinen Kanonenofen an. Die Temperaturen fielen unter null, was allerdings keinen Schnee brachte, sondern im besten Fall Graupelschauer.

Kim legte sich eine gefütterte, absolut wasserdichte Jacke mit passender Hose zu, dazu einen Regenschutz für den Helm und Handschuhe. Nun gab es nichts mehr, was in der kalten Jahreszeit gegen eine Fahrt mit dem Rad sprechen konnte. Der Bulli stand am Straßenrand vor dem Haus und schien Winterruhe zu halten. Kim putzte ihn noch einmal gründlich, wischte über alle Flächen, saugte ihn aus. Dabei dachte sie an Bo und alle Orte, an denen sie gemeinsam gewesen waren. Das Bild, wie Bo mit den Füßen auf dem Armaturenbrett neben ihr gesessen hatte, drängte sich auf.

Bo! Sie fehlte ihr, und trotzdem war sie nicht in der Lage, mehr zwischen ihnen zuzulassen, als es gerade der Fall war. Bo musste sich überlegen, was sie wirklich wollte. Das brauchte eben Zeit.

Kim verbrachte ihre freie Zeit mit Musikhören und Lesen. Sie gewöhnte sich wieder an, regelmäßig walken zu gehen, wenn auch nicht im Wald. Der erschien ihr um diese Jahreszeit nicht attraktiv genug. Da ging sie lieber eine Runde um den Block oder in den Park. Besser als nichts. Ihre psychotherapeutischen Sitzungen hatten mittlerweile einen Abstand von sechs Wochen. Bald würden sie ganz zu Ende sein. Ihr Leben war ein anderes geworden, und Kim fühlte in sich die Gewissheit bestätigt, alles richtig gemacht zu haben. Ihr Leben hatte an Qualität gewonnen. Eine Tätigkeit in einer sterilen Umgebung, das lange Stehen, die Belastung durch die knappe Personalbesetzung, all das war Vergangenheit, und es verging kein Tag, an dem sie nicht dankbar daran dachte, dass es damit vorbei war. Natürlich verdiente sie nicht mehr so viel Geld wie vorher, hatte nicht mehr die Sicherheit eines geregelten monatlichen Einkommens, aber dieses Risiko nahm sie gerne in Kauf. Ihre Umsätze konnten sich sehen lassen, und ihr kleines Team hatte sie aus eigener Kraft und Innovation erwirtschaftet. Es gab ihr ein Gefühl von Befriedigung.

Den Dienst an den Wochenenden hatten sie sich inzwischen so aufgeteilt, dass Bernd am Samstag- und Erik am Sonntagmorgen bis zum Mittag arbeiteten und Kim ab ein Uhr aufschlug und die Gäste bediente, bis das Café um fünf Uhr schloss. Eine Regelung, mit der alle zufrieden waren.

Bo hatte sie mehrfach kontaktiert und sich entschuldigt. Natürlich hatte sie Kim alles Mögliche versprochen, aber das hatte sie schon des Öfteren getan. Also beantwortete sie Bos Textnachrichten freundlich, aber unverbindlich. Einfach weiterzumachen wie bisher, kam für Kim nicht infrage. Ihre Beziehung zueinander war an einem Punkt angekommen, in dem es um alles ging, oder eben nichts. Entweder Bo hegte Gefühle für sie und nahm sie endlich so hin, wie sie war, oder sie gestand sich ein, dass sie mit Kims Entscheidung nicht leben konnte. Etwas dazwischen gab es nicht.

Zu allem Überfluss rief dann auch noch Kims Vater an und erzählte ihr doch tatsächlich, dass er wieder allein war. Seine wesentlich jüngere Freundin war ausgezogen. Soso, sie hatte ihn also abserviert. Wegen dieser Frau hatte er sich damals von ihrer Mutter scheiden lassen. Kims Mitleid hielt sich in Grenzen.

KAPITEL Fünfundzwanzig

Kim

»WER FÄHRT HEUTE DIE HOTELS AN?«, fragte Kim am nächsten Morgen die beiden Jungs. Gut, dass es mittlerweile eine Routine gab, in die sie sich flüchten konnte.

»Die mit den besten Reifen auf dem Rad«, antwortete Erik aus der Backstube.

»Das bin dann wohl ich«, sagte Kim und nahm die Schürze ab.

Die Jungs hatten genau mitbekommen, dass sie vor drei Tagen neue, unplattbare Reifen auf ihr Fahrrad hatte montieren lassen, doch es sollte nur ein Witz sein. Natürlich nahm Kim das Lastenfahrrad. Die Ladung hätte sonst wahrscheinlich Schaden genommen.

Neutral betrachtet hatte sich ihr CO2-Fußabdruck deutlich gesenkt, seit sie in der Patisserie arbeitete. Sie fuhr gar nicht mehr mit dem Auto, sondern erledigte alles per Rad. Ihr Bus war in den letzten Wochen kaum bewegt worden. Vermisste sie es? Der Bulli war etwas für den Sommer, für unbeschwerte Wochenendausflüge. Außerdem war mit Bo sowieso gerade Funkstille, und allein hatte sie keine Lust. Jetzt war ihr mehr nach Spaziergängen, Abenden in der gemütlichen Wohnung, Teetrinken, der Arbeit im heimeligen Café, wo man täglich Menschen begegnete. Der Wintermodus gefiel ihr. Man igelte sich ein bisschen ein, zusammen mit Menschen, die einem etwas bedeuteten. Bo fehlte ihr natürlich. Das Kuscheln auf dem Sofa fehlte ihr. Aber so wollte sie einfach nicht mehr weitermachen.

Mit verkniffenen Lippen zog sie sich ihre wetterfeste Jacke und Handschuhe an, setzte den Helm auf und verstaute die Backwaren sicher in der Ladefläche. Das erste Hotel war nicht weit. Sie würde abliefern und zurückkehren, weitere Backwaren aufladen und noch einmal eine Strecke von einem guten Kilometer zurücklegen.

Auf der Fahrt dachte sie an ihren Vater. Es war seine Entscheidung gewesen, ihre Mutter gegen eine wesentlich jüngere Frau einzutauschen. Das hatte er nun davon! Von heute auf morgen war er aus ihrem Leben verschwunden, hatte sich der Verantwortung als Vater entzogen und sich ganz seiner neuen Liebe gewidmet. Jetzt bereute er es vielleicht. Seine finanzielle Unterstützung, die ihr geholfen hatte, als Teilhaberin in die Patisserie einzusteigen, war ein Schritt zur Wiedergutmachung gewesen. Sie hatte das Geld angenommen. Warum auch nicht? Er hatte lange genug keinerlei Unterhalt gezahlt, sodass sie als Teenager ganz und gar von ihrer alleinerziehenden, voll arbeitenden Mutter abhängig gewesen war. Diese Zeit hatte sie geprägt. Sie wollte im Gegensatz zu ihrem Vater für andere Menschen da sein, hatte eine Ausbildung zur Krankenschwester begonnen, ihr liebstes Arbeitsfeld entdeckt und sich in zwei weiteren Jahren zur OP-Fachpflegekraft ausbilden lassen.

Nach fünfzehn Jahren Klinikdienst war sie krank geworden und hatte mithilfe therapeutischer Unterstützung auch andere Begabungen an sich entdeckt. Die Kreativität zum Beispiel, das schöpferische Gestalten. Das war es, was sie an Lea so fasziniert hatte. Jetzt erschuf sie selbst wunderschöne, leckere Köstlichkeiten und war glücklich mit ihrem Leben.

Sie ließ ihr Fahrrad direkt vor dem Haupteingang stehen, schnappte sich den Karton, betrat das Hotel durch den Hintereingang und gab die Ware in der Küche ab. Mehr musste sie nicht tun, die Rechnung würden sie am Monatsende mit der Post schicken. Da kam ganz schön was zusammen, dachte sie zufrieden und radelte wieder zurück.

Ob es an der Zeit war, sich mit ihrem Vater auszusöhnen? Sollte sie nicht endlich über ihren Schatten springen und den Kontakt wieder etwas intensivieren? Wenn sie an ihr letztes Treffen dachte, kamen ihr Zweifel. Damals war sie innerhalb kürzester Zeit völlig genervt von ihm gewesen. Jede Kleinigkeit an anderen Menschen kritisierte er. Er hatte die unmögliche Gabe, Menschen zu beobachten und nur das Negative an ihnen zu kommentieren: Eine Frau stand nicht aufrecht genug, der andere lief mit den Füßen nach innen oder lachte zu laut, kleine Kinder waren verzogen, Mütter sowieso unfähig ... Und so etwas gab ausgerechnet er von sich! Es regte sie unheimlich auf, doch sie hatte bisher immer dazu geschwiegen. Wenn sie jetzt darüber nachdachte, hatte sie seine Ausfälle manchmal so kommentarlos über sich ergehen lassen wie die cholerischen Anfälle des Chefarztes. Den war sie nun endlich los, und ihrem alten Herrn würde sie zukünftig deutlich sagen, was sie von seinen Äußerungen hielt. Vielleicht war ihm inzwischen bewusst geworden, dass er versagt hatte, und er musste sich mithilfe der Fehler und Defizite anderer aufwerten. Sie machte sich eine gedankliche Notiz, beim Abschlussgespräch mit ihrer Therapeutin noch einmal auf diese Erklärung zu sprechen zu kommen.

Sie lehnte ihr Fahrrad an die Hauswand der Patisserie und schloss es ab. Das war es für heute. Wohlige Wärme und der Duft von Vanille, Nelken und Kaffee empfingen sie. Eine wohlige Zuversicht stieg in ihr auf. Irgendwie würde sich schon alles fügen. Und je mehr die Menschen von Hektik befallen wurden, und das wurden sie immer zur Adventszeit, umso ruhiger, tiefenentspannter und freundlicher wurde Kim selbst. Anders konnte man sich in dieser Umgebung gar nicht entwickeln. Man wurde, ob man wollte oder nicht, zu einem freundlichen, aufmerksamen Menschen.

KAPITEL Sechsundzwanzig

Kim

Im Laufe des Winters kam Kim immer später nach Hause. Bernd, Erik und sie besprachen nach Ladenschluss das Sortiment in der Vorweihnachtszeit. Alle drei saßen vor einer Tasse heißer Schokolade und trugen ihre Vorschläge zusammen. Aus einer großen Menge an Ideen einigten sie sich letztendlich auf Lebkuchenherzen mit Zartbitterschokoladenüberzug, klassische Rumschnitten, Haselnuss- und Kokos-Makronen, Honigbrot und Weihnachtsstollen, den man jetzt schon vorbereiten musste, da er Zeit zum Reifen brauchte, bevor er verkauft werden konnte.

»Ach, und auf jeden Fall Spitzbuben! Die hat meine Oma immer zu Weihnachten gemacht.« Erik schlug sich mit der Hand an die Stirn. »Wie konnte ich die vergessen?«

»Spitzbuben? Was sind das?«

»Das sind runde doppelte Plätzchen aus mürbem Teig. Das obere hat eine herzförmige Öffnung, die mit Marmelade gefüllt wird«, erklärte Erik. »Aprikose finde ich am leckersten. Bernd schwärmt für Pflaumenfüllung, was in der Tat besser zur Weihnachtszeit passt.«

Bernd seufzte genießerisch. »Wir probieren das mal aus in den nächsten Tagen und stellen ein paar Prototypen her. Wann hättest du mal Zeit?«

»Immer«, antwortete Kim.

Die Gesichter der beiden wurden ein Ticken ernster. Natürlich hatten sie bemerkt, dass Bo sich in letzter Zeit rargemacht hatte.

»Sie hat sich immer noch nicht daran gewöhnt, dass du nun hier arbeitest, was?«, fragte Bernd vorsichtig.

»Nein, und als sie das letzte Mal hier war, hat sie mir einen Deal vorgeschlagen, den sie mit unserer Teamleitung ausgeklügelt hat: Ich arbeite zu dreißig Prozent in der Klinik und an den Tagen, an denen ich hier fehle, bedient sie und greift euch unter die Arme.« Es war das erste Mal, dass sie mit ihnen darüber sprach.

Die Männer erschraken über Bos vermeintliches Arrangement.

»Wie hat sie sich das vorgestellt?«, hob Bernd sofort an. »Das würde nicht gehen. Du bist fest eingerechnet bei der Teigherstellung und dem Mittagstisch. Wie sollte …«

»Beruhig dich!« Kim legte ihre Hand auf seine. »Ich habe sofort abgelehnt. Ich weiß selbst, dass das niemals funktionieren würde. Außerdem hätte ich keine Lust darauf. Ich bin zufrieden so, wie es ist. Mehr noch: Ich bin glücklich darüber, mit euch diesen Laden hier schmeißen zu dürfen. Das ist wunderbar. So habe ich noch nie gearbeitet, so …« Plötzlich blieben ihr die Worte im Hals stecken und sie kämpfte gegen die Tränen an.

Bernd, der neben ihr saß, nahm sie in den Arm und drückte sie so fest, dass Kim verlegen auflachte.

»Sorry!«, schniefte sie. »Ich werde immer mehr zu einem Gefühlsdusel.«

Keiner der beiden sagte etwas. Sie sahen sich nur an, und Kim kam selbst darauf, dass es in ihrem Leben höchste Zeit wurde, einen besseren Zugang zu ihren Gefühlen zu bekommen.

So kam sie an diesem Tag wieder spät nach Hause, aufgewühlt, aber glücklich. In ihrem Briefkasten fand sie einen Umschlag – von Bo. Sie stieg die Treppen hinauf, öffnete die Tür, schlüpfte aus ihren Schuhen, ging ins Bad und wusch sich die Hände. Erst dann setzte sie sich aufs Sofa und öffnete mit gemischten Gefühlen den braunen DIN-A4-Umschlag. Da steckte etwas Eingepacktes drin und ein Brief. Sie zog ihn heraus und entfaltete ihn.

Ihr wurde bewusst, dass sie Bos Handschrift gar nicht kannte. Sie war gleichmäßig und schön geschwungen. Bisher hatten sie, wenn schon schriftlich, immer nur per Handy kommuniziert. Eine Handschrift schuf mehr Nähe, bemerkte sie, als sie las.

Liebe Kim,

ich wollte dir niemals wehtun, bitte glaube mir das.

Als es sich abzeichnete, dass der größte Choleriker die Klinik verlassen würde, habe ich wirklich geglaubt, es wäre ein Zeichen. Ja, das war anmaßend. Genauso wie die Tatsache, dass ich glaubte, dich so sehr zu lieben, dass ich dich besser kenne als du dich selbst. Ich war mir sicher, der Job in der Klinik gehört so fest zu dir, dass du ihn vermissen würdest, eines Tages.

Ich wollte immer nur dein Bestes!

Was für eine blöde Phrase. Wie oft wurde die schon gesagt? Von Eltern zu ihren Kindern, von Ehepartnern nach gescheiterter Beziehung, und doch ist es mir jetzt selbst passiert. Liebe Kim, ich dachte wirklich, ich setze mich für dich ein. Das Gegenteil habe ich getan. Verzeih!

Ich verspreche dir nun zum allerletzten Mal, deine Entscheidung zu akzeptieren und dich nie wieder mit irgendwelchen Vorschlägen zu nerven, die dein Berufsleben angehen. Ich bin stolz auf das, was du tust. Bitte glaube mir das. Ich habe es nie als zu wenig erachtet. Bitte glaube mir.

• • •

Dein Wort in Gottes Ohr, dachte Kim. Natürlich war es Bo zu wenig, das hatte sie bei ihrem letzten Treffen ganz deutlich gemacht. Kim hatte noch ihre Worte im Gedächtnis: »Willst du dich dein ganzes restliches Berufsleben um die banalen Wünsche deiner Gäste kümmern? Ist das dein ganzer Lebenssinn geworden?« Trotzdem las sie weiter.

Wenn du mir verzeihen kannst, dann öffne bitte das kleine Päckchen. Ich entscheide mich für dich, mit allen Konsequenzen. Ja, ich werde meine Wohnung vermieten und zu dir ziehen, wenn du es noch möchtest.

Du fehlst mir!

Ich habe mich in die Frau, nicht in die OP-Assistentin verliebt. (Auch wenn ich sie in der Klinik immer noch vermisse und das wahrscheinlich immer tun werde.) Aber am meisten fehlst du mir in meinem Leben. Morgens, wenn ich aufwache, und abends, wenn ich ins Bett gehe. Du bist die, mit der ich leben möchte – mit allen Konsequenzen.

In Liebe

Bo

Hard Stuff! Kim atmete tief durch. *Wahnsinn!* Das war mehr, als sie erwartet oder gehofft hatte. Mit fahrigen Fingern öffnete sie das in Zeitungspapier eingerollte Päckchen, und es erschien eine Zahnbürste. Eine neue, originalverpackt, dieselbe Farbe wie die, die Bo mitgenommen hatte. Kim riss sie aus der Verpackung und ging ins Bad. Den zweiten Zahnputzbecher hatte sie aus lauter Zorn entsorgt, also steckte sie die nagelneue Zahnbürste mit in ihren eigenen Becher. Sie trat einen Schritt zurück und betrachtete ihn, wie man ein Stillleben betrachtete.

Es sah wunderbar aus!

Sie holte ihr Handy, machte ein Bild und schickte es an Bo. Es sagte alles aus, was sie ihr mitteilen wollte.

Es dauerte keine Minute und ihr Handy klingelte.

Bo heulte. »Kim, du bist so süß! Wäre ich nicht in der Klinik und hätte Bereitschaftsdienst, würde ich in den nächsten Minuten mit Sack und Pack vor deiner Haustür stehen. Es tut mir so leid, ich …«

»Schade, dass du Dienst hast«, unterbrach Kim sie. Sie jetzt sofort in die Arme zu schließen und sie über Nacht hier zu haben, wäre schön gewesen. »Wie viele Nächte machst du?«

»Noch drei. Aber dann habe ich das Wochenende frei. Ich könnte nach Dienstschluss auf einen Kaffee in die Patisserie kommen, wenn du möchtest. Und Samstag und Sonntag helfe ich euch gerne. Ich könnte bedienen oder abkassieren. Kim, ich würde mich gerne in dein Leben einbringen, ich …«

Kim unterbrach sie. »Schon gut. Aber es wäre wirklich gar keine schlechte Idee, wenn du uns stundenweise unterstützen könntest. Der Laden boomt.«

»Das freut mich. Oh Kim, das freut mich so. Ich finde es wunderbar, dass alles so gekommen ist, wie du es erhofft hast. Das weißt du, ja?«

»Natürlich.«

Bo hörte nicht auf, ihr zu versichern, wie leid ihr alles tat und dass sie sie liebte und brauchte. Und Kim meinte zu spüren, dass es für sie unerträglich war, in der Klinik Dienst zu schieben ohne die Hoffnung auf ein trautes Heim, eine Frau, zu der sie zurückkehren konnte.

»Ich freu mich auf Freitag«, sagte Kim schließlich. »Kommst du wirklich gleich nach dem Dienst zu uns?«

»Ja. Ich könnte etwas zum Frühstück vertragen, bevor ich mich aufs Ohr haue.« Das klang schon wieder ganz nach Bo.

»In meinem Bett?«, erkundigte sich Kim mit einem schiefen Lächeln.

»Das wäre mir am liebsten.«

KAPITEL Siebenundzwanzig

Kim

Die kommenden Tage wurden begleitet von unendlich vielen Textnachrichten, die sie sich gegenseitig schickten, als müssten sie die Zeit des Schweigens zwischen ihnen nachholen. Bo meldete sich in ihren Pausen und Kim schickte ihr Bilder von ihren neuesten Backwerken.

Das ist fies, wenn man Hunger hat, schrieb Bo zurück mit einem dicken Smiley und einem Herzen. *Ich werde am Freitag alles probieren.*

Tu das, dachte sich Kim und machte sich mit freudigem Elan an die Arbeit.

In der Patisserie lief nun Weihnachtsmusik. Kim hatte darum gebeten auf »Last Christmas« zu verzichten. Stattdessen brachte sie Klassik und eine CD mit weihnachtlichen Chorgesängen von zu Hause mit. Das Getränk, das neben Kaffee am besten lief, war »Tote Tante«. Warum es so hieß, konnte keiner sagen. Es handelte sich um heiße Schokolade mit Rum und veganer Sahne.

Bernd kam irgendwann auf die glorreiche Idee, die Terrasse wieder in Betrieb zu nehmen und statt der Sonnenschirme regendichte, feste Segel zu spannen. Ein Projekt, bei dem sie alle mithelfen mussten. Das Ergebnis konnte sich sehen lassen. Für etwas Wärme sorgen zwei Feuerschalen, da Heizpilze mittlerweile verboten waren. Bernds Bedenken, das offene Feuer könnte kleine Kinder gefährden, erwiesen sich als unbegründet. Im Gegenteil, Mütter wie Väter waren entzückt und stierten mitsamt der Kleinen in die Glut. Immer zwei Tische standen beieinander und boten die Möglichkeit zum Abstellen der Glühweingläser, denn den verkauften sie nun auch, und zwar in einer sehr guten Qualität von einem Winzer aus der näheren Umgebung.

Die Möglichkeit, draußen einen Stehplatz zu finden, erwies sich als äußerst hilfreich. Innen platzte das Café aus allen Nähten. Kim schätzte, dass höchstens dreißig Prozent der Gäste von Zöliakie oder Glutenunverträglichkeit betroffen waren. Dem Rest schmeckte es einfach bei ihnen und sie waren bereit, einen höheren Preis als anderswo zu bezahlen.

Bo würde erst am Freitag kommen, und Kim erwartete ihren Besuch mit wachsender Vorfreude. Sie würde staunen, was sich hier alles verändert hatte.

Als es endlich so weit war und Bo ihr gegen halb neun leibhaftig gegenüberstand, erschrak sie darüber, wie müde und abgekämpft Bo aussah. Der Stress der Klinik haftete an ihr und Kim glaubte, den Geruch des Krankenhauses an ihr wahrzunehmen, als sie sie in die Arme schloss. Wie heil war doch die Welt, in der sie jetzt lebte. Bo tat ihr leid.

»Setz dich, ich habe dir einen Platz reserviert«, sagte Kim zuvorkommend und wollte Bo schon in Richtung ihres Personaltischchens schieben.

»Ich muss mich doch erst mal umsehen«, hauchte Bo und staunte wie ein Kind, als ihr Blick durchs Café schweifte.

»Jaja, wir waren nicht untätig«, bemerkte Bernd hinter der Theke. »Was darf man dir anbieten? Hörnchen oder lieber Bagel? Mit Käse, Schinken oder Ei? Alles neu in unserem Sortiment. Seit Kim bei uns wütet, hat sich unser Angebot verdoppelt.« Er kicherte tatsächlich darüber, so neidlos respektierte er ihr Engagement.

»Boah«, machte Bo und starrte in die gläserne Vitrine. Kim fühlte sich an den kleinen Jungen erinnert, der ihr aufgefallen war, als sie zum ersten Mal die Patisserie betreten hatte. In seinen Augen hatte derselbe Ausdruck gelegen: eine Mischung aus Verblüffung und purem Glück. »Ich glaube, ich starte mit dem Käse-Bagel.«

»Ich bring ihn dir. Nimm ruhig schon Platz. Und Kim, du machst eine halbe Stunde Pause, klar?« In Bernds Stimme lag alle Autorität, die er aufbringen konnte. Ungefragt stellte er zwei Tassen Kaffee auf die Theke, wie sie ihn am liebsten tranken: Kim schwarz und für Bo als Latte macchiato.

Sie nahmen an dem abseits stehenden Tisch Platz, und Kim räumte ihre Rucksäcke und Jacken fort, die sie hier ablegten. Hier konnte man sich in Ruhe unterhalten.

Bo legte ihre Finger auf Kims Hand und streichelte sie sanft. »Ich habe mich so auf heute Morgen gefreut«, sagte sie zärtlich.

»War viel los heute Nacht?«, wollte Kim wissen.

Bernd brachte Bo einen Käse-Bagel, und Kim stellte er eine Tomaten-Mozzarella-Körnerstange hin, die mit Rucola garniert war. »Guten Appetit«, sagte er und verschwand wieder.

»Hast du eigentlich mal was von Errat oder Ben gehört?«, fragte Bo.

»Nein.« Kim zuckte mit den Schultern. »Aber ich habe mich auch nicht mehr bei ihnen gemeldet. Es scheint ihnen gut zu gehen, wenn man nichts von ihnen hört.«

Mit etwas Wehmut dachte sie an Errats Engagement zurück, als er im Sommer die Campingplätze gebucht und manche sogar vorab in Augenschein genommen hatte, ob sie wirklich für die Gruppe geeignet waren. Sie erinnerte sich an seine etwas unbeholfene, aber liebevolle Art. Olga schien ihn jetzt ganz und gar zu vereinnahmen. Bei Ben war es wohl nicht anders. Ihre Selbsthilfegruppe hatte die Anfangszeit nicht überlebt. So kann es gehen.

Bo schien auch enttäuscht. »Von denen hätte ich mehr erwartet«, sagte sie knapp. Dann zog sie den Mund schief. »Aber ich bin nicht in der Position, ihnen Vorwürfe zu machen. Sie scheinen mit deiner Entscheidung auch nicht klargekommen zu sein.«

»Dafür habe ich hier echte Freunde gefunden, auf die ich mich jederzeit verlassen kann.« Kim sah demonstrativ in Richtung Theke, wo Bernd Bestellungen entgegennahm und Erik die Lieferung an die Hotels zusammenstellte.

»Ja.« Bo nickte. »Das hast du wirklich.« Wieder blickte sie sich seufzend um. »Irgendwann hat man das Recht, mehr an sich selbst zu denken«, stellte sie fest, und in Kim wuchs die Gewissheit, dass die letzten drei Nächte im Bereitschaftsdienst sie ziemlich mitgenommen hatten.

»Jetzt dürfen mal die anderen ran«, bestätigte Kim. »Fünfzehn Jahre OP sind genug. Es sollte so etwas wie ein rollierendes System geben. Wenn jeder mal im sozialen oder medizinischen Sektor arbeiten müsste, würde sich einiges ändern, glaub mir. Politiker würden sich plötzlich viel mehr für das Gesundheitssystem interessieren und nicht nur für eine wachsende Wirtschaft.«

Bo nickte. Sagen konnte sie nichts dazu, sie hatte soeben herzhaft in ihren Bagel gebissen und verdrehte genießerisch die Augen. »Da ist ja eine geile Kräutercreme drauf«, sagte sie, nachdem sie gekaut und geschluckt hatte. »Die schmeckt umwerfend.«

Kim gab nur einen zustimmenden Laut von sich. Es war nicht nötig, zu erwähnen, dass die Brotaufstriche, Dips und Remouladen ihre Kreation waren. Immer wieder kam ihr etwas Neues in den Sinn. Ihr würde hier nicht langweilig werden. Im Gegenteil. Sie konnte hier jeden Tag etwas anderes entwerfen.

»Ich kann dich heute Abend abholen. Dann gehen wir

noch eine Runde spazieren«, schlug Bo vor. »Ich bin drei Tage lang nicht an die frische Luft gekommen.«

»Da werden wir einen Ausgleich schaffen müssen«, meinte Kim.

»Ich melde mich, wenn ich ausgeschlafen habe«, sagte Bo zum Abschied, nachdem sie eine halbe Stunde für sich gehabt hatten.

Kim beobachtete, wie ihre Gestalt auf der Straße der Altstadt immer kleiner wurde und letztendlich verschwand. Mit dem Gefühl, dass ihr Leben nun endlich in geregelte Bahnen gefunden hatte, wandte sie sich wieder ihrer Arbeit zu.

KAPITEL
Achtundzwanzig

Kim und Bo schliefen am Samstagmorgen aus. Sie waren noch nicht einmal angezogen, als es gegen elf an der Haustür klingelte. Kim traute ihren Augen nicht, als sie die Tür öffnete.

»Lea!«, presste sie hervor und ihr Herz geriet für einen kurzen Moment ins Stocken – ob vor Schreck oder Faszination, konnte sie nicht sagen. Sie hatte genug Zeit gehabt, ihre vergangene Beziehung aufzuarbeiten, und dennoch war sie wie gelähmt, als sie Lea wieder leibhaftig gegenüberstand.

Das Haar trug sie nun etwas länger, dunkel nachgetönt, eine lila Strähne sprang Kim geradezu an. Ihre Kleidung war schrill und noch exzentrischer als früher – die New Yorker Mode schien ihr zu gefallen.

»Hallo, Darling!« Lea küsste sie überschwänglich auf beide Wangen, als wäre sie nie Hals über Kopf aus ihrem Leben verschwunden. Warum war sie unfähig, sich gegen diese Zärtlichkeit zu wehren? »Wie geht es dir?«

»Wer ist denn da?«, hörte sie Bo im Hintergrund rufen.

»Was machst du hier?«, presste Kim hervor, als sie ihre Sprache wiedergefunden hatte.

»Ich?«, fragte Lea mit hellem Lachen. »Ich bereite meine

Europa-Wanderausstellung vor. Hast du nichts darüber gelesen? Das offene Atelier mit Lea Malika Röhn.«

»Hier in unserer Stadt?«

Lea winkte amüsiert ab. »Nein, natürlich nicht, Dummerchen. In München! Anschließend Barcelona, London, Paris, Dublin. Hast du wirklich nichts davon mitbekommen? Ich glaube, ich muss mit meinem Eventmanager mal ein ernstes Wort reden.« Sie drängte sich an ihr vorbei und trat in den Flur. »Immer noch gemütlich bei dir«, rief sie aus. »Immer noch so, wie ich es in Erin…« Sie hielt mitten im Wort inne, als sie Bo bemerkte.

»Hi«, sagte Bo, die sich nun im Flur neben Kim stellte. Keine Frage, sie hatte sofort begriffen, um wen es sich bei diesem morgendlichen Überfall handelte.

»Oh, du hast Besuch?«, sagte Lea an Kim gewandt, ohne Bos Begrüßung zu erwidern.

»Das ist Bo, meine Partnerin«, stellte Kim formvollendet vor, froh darüber, dass ihre Stimme ruhig und bestimmt klang.

»Nein!«, rief Lea begeistert aus. »Meinen Glückwunsch!« Sie streckte Bo die Hand hin, die sie zu Kims Überraschung annahm, und schüttelte sie kräftig. »Es freut mich sehr, Ihre Bekanntschaft zu machen.« Und an Kim gerichtet, sagte sie: »Ganz entzückend! Wo findet man denn so eine Frau?« Sie zwinkerte ihr verschwörerisch zu, als wären sie beide nie ein Paar gewesen. Kim war zu baff, um etwas darauf zu erwidern.

»Kaffee?«, fragte Bo, drehte sich abrupt um und ging in die Küche. Wahrscheinlich war auch sie von der Situation überfordert.

»Gerne.« Leas Blicke folgten Bo, und Kim hätte schwören können, sie schaute auf ihren Hintern. *Das ist doch alles nur ein Traum, oder?*

»Was willst du hier?«, fragte sie erneut.

Lea hielt inne. »Ach, Kim!«, seufzte sie. »Ich weiß, das mit uns ist etwas überstürzt zu Ende gegangen, aber ich musste doch so schnell entscheiden.« Sie wartete Kims Reaktion nicht ab, ehe sie fortfuhr. »Kommt ihr beiden denn zu meiner Ausstellung?«

»Du bist gekommen, um uns einzuladen?«

Lea stand mittlerweile im Wohnzimmer. »Oh, wo sind denn alle Möbel hin?«

Sie meinte ihre eigenen Möbel, die aus Massivholz, die meisten davon antik, wie es ihrem Geschmack entsprochen hatte.

»Verkauft«, antwortete Kim trocken.

Lea hatte wenigstens genug Stil, um nicht weiterzufragen. »Aber so ist es auch schön«, stellte sie versöhnlich lächelnd fest.

Kims Gefühlsleben hatte sich so weit stabilisiert, dass sie sich über dieses Auftreten zunehmend ärgerte. Lea war blitzartig aus ihrem Leben verschwunden, und jetzt tauchte sie ohne Anmeldung wieder auf.

»Und sonst? Geht's dir gut?«, fragte Lea, die Kims zunehmenden Aversionen wohl wahrnahm.

»Ja.« Kim verlor kein Wort über ihre überstandene Depression, die lange Phase der Trauer, die therapeutische Behandlung. Sie sagte nur Ja und sah die Frau, die sie über alles geliebt hatte, heute mit anderen Augen an. Lea war exzentrisch, gewiss, aber Kim hatte immer gedacht, sie würde sie ebenfalls lieben. Doch Lea liebte nur sich selbst, ihre Arbeit als Künstlerin und eben Frauen. Ja, ihre Leidenschaft waren Frauen. Durchaus in der Mehrzahl. Sie wollte sie alle und sie liebte sie alle. Heute war Kim sich dessen bewusst, noch vor einem Jahr hätte sie diese Aussage als Verleumdung empfunden.

»Das freut mich«, antwortete Lea. Ihr Lächeln war aufrichtig und so gewinnend wie früher. Sie nahm auf dem Sofa Platz. »Ich stör euch doch nicht?«, fragte sie nun Bo, die mit drei Tassen in der Hand zu ihnen kam.

Bo stellte sie auf dem Tisch ab und lächelte. »Nein. Kim

muss heute sowieso noch arbeiten gehen. Wir hatten nichts anderes vor, als gemütlich abzuhängen.« Sie stellte Milch und Zucker dazu.

»Du arbeitest jetzt auch samstags?«, fragte Lea sofort.

»Ich bin jetzt Teilhaberin einer Patisserie«, räumte Kim ein und warf Bo dabei einen warnenden Blick zu.

»Ach«, entfuhr es Lea, »das ist ja eine Neuigkeit! Wie kommst du denn dazu?«

Kim hatte keine Lust, ihr Seelenleben vor ihrer Ex auszubreiten. »Wie die Jungfrau zum Kinde. Wenn du möchtest, komm doch einfach mit und sieh sie dir an«, schlug sie vor. Es gäbe ihr zudem die Möglichkeit, ein paar Sätze unter vier Augen mit Lea zu wechseln.

Bo schien von diesem Vorschlag wenig begeistert zu sein. Ihre Miene, die gerade noch amüsiert gewirkt hatte, verschloss sich augenblicklich. *Geschieht ihr ganz recht,* dachte Kim. Das hatte sie jetzt davon, wenn sie Lea gegenüber erwähnte, dass Kim heute noch arbeiten gehen musste.

»Gehst du auch mit?«, fragte Lea Bo.

Kim wich ihrem Blick aus. Bo verstand.

»Ich sollte mich noch etwas in den Haushalt stürzen.« Sie schüttelte den Kopf, obwohl Kim ihr anmerkte, wie unbehaglich ihr zumute war bei dem Gedanken, sie mit ihrer Ex ziehen zu lassen.

Sie tranken gemeinsam ihren Kaffee und unterhielten sich über Leas Ausstellung. Oder besser: Lea schwärmte davon und sie beide hörten zu, von ein paar eingeworfenen Worten einmal abgesehen.

»Also dann!« Es dauerte nicht lange, da war Kim geduscht, angezogen und mit Lea verschwunden. Unter der Dusche hatte sie sich die Worte zurechtgelegt, die sie Lea unbedingt sagen wollte, wenn sie die Gelegenheit dazu bekam.

Bo hatte versucht, gute Miene zum bösen Spiel zu machen. Ihre Stimme klang etwas zaghaft, als sie zum

Abschied sagte: »Vielleicht komme ich später nach. Oder ich könnte dich abholen.«

»Das ist eine gute Idee.« Kim küsste sie vor Leas Augen. »Dann schlendern wir noch ein bisschen durch die Gassen, gehen etwas trinken. Bis dann!«

Zusammen verließen sie die Wohnung.

KAPITEL
Neunundzwanzig

Kim

Es fühlte sich merkwürdig vertraut an, an Leas Seite zu gehen. Das Fahrrad war keine Option, Lea hatte nie etwas von Fahrradfahren gehalten, also mussten sie den Bus nehmen, und der stand fast einen Block entfernt in einer passenden Parklücke.

»Oh, ein neues Auto!«, bemerkte Lea.

So etwas nennt man Bus. »Ja.«

»Hast du das schon lange?«

Einen kurzen Moment überlegte Kim, ob sie ihr gleich die volle Wahrheit auftischen sollte. *Nein, ich habe ihn mir erst gekauft, als ich erkannt habe, dass ich mich regelmäßig draußen an der frischen Luft bewegen muss, um meine Depression in den Griff zu kriegen.* Lea würde sicher nachfragen, und vielleicht wäre das der Einstieg in ein offenes Gespräch. Aber Kim schaffte es nicht. Nicht jetzt. Vielleicht nachher im Café, wenn sie bei einem Getränk zusammensäßen und ein Gespräch unter vier Augen führten, bevor ihr Dienst begann.

»Nein«, sagte sie also lediglich. »Erst ein paar Monate.«

»Schön. Gefällt mir.«

Das war gelogen. Kim sah es an ihrer Haltung, an der Art, wie sie unruhig auf dem Sitz hin- und herrutschte. Sie fühlte sich fehl am Platz. Das hier war ihr nicht schick genug.

Sie fuhren Richtung Innenstadt, stellten das Auto vor dem engsten Gedränge ab, gingen den Rest zu Fuß.

»Und dein Job im Krankenhaus? Hast du ihn ganz aufgegeben?«, erkundigte sich Lea. Jetzt war sie wieder in ihrem Element. Ihr Blick schweifte über die Einkaufsstraße, blieb an der einen oder anderen Auslage hängen, flog über die Gesichter der Menschen.

»Ja.«

»Hat er dir nicht immer sehr viel bedeutet?«

Sie fragte so unbedarft wie eine entfernte Tante. Wie wenig Lea von Kim wusste! Hatte sie ihr in der Zeit ihrer Beziehung überhaupt jemals zugehört, wenn sie etwas von ihrer Arbeit erzählt hatte? Offenbar nicht. Geschockt von dieser Erkenntnis flüchtete sie sich in Oberflächlichkeiten. »Ja, das hat er. Aber von Zeit zu Zeit ist einfach etwas Neues dran.«

»Ja, nicht wahr?«, stimmte Lea begeistert zu und fuhr fort, enthusiastisch zu erzählen, was sich bei ihr alles verändert hatte. Und das war nicht wenig. Neue Galeristen, neue Künstler, neue Aktionen. »Weißt du, man muss im Leben immer in Bewegung bleiben.«

Und mit dieser Bemerkung schmolz in Kim die Hoffnung, noch irgendein klärendes Wort mit Lea wechseln zu können. Gerne hätte sie die gemeinsame Vergangenheit noch einmal reflektiert, die stellenweise auch sehr schön gewesen war. Das plötzliche Ende hatte sie allerdings sehr verletzt. Jetzt spürte sie, dass Lea dieses Bedürfnis nicht teilte. Für sie waren sie eben ein Jahr lang ein Paar gewesen. Sicher würde Lea bestätigen, dass es eine schöne Zeit gewesen war, doch auf einen echten, ehrlichen Austausch konnte Kim nicht hoffen. Leas Leben war ein Fluss, auf dem sie stetig weitertrieb. Man konnte sie nicht halten. Jetzt erst begriff Kim ihr Wesen so richtig. Wie sollte sie von ihr Treue und Beständigkeit einfordern, wenn ihr diese Dinge doch absolut fremd waren? Aber sie war viel zu verliebt gewesen, um das zu sehen. Lea lebte immer nur im Augenblick, und das exzessiv.

»Das ist es«, sagte Kim und blieb vor dem Fachwerkhaus stehen. Mit stilvollen Lettern stand das Wort »Patisserie« über dem geschwungenen Torbogen geschrieben. Auf der Fensterbank lagen zwei Kissen, weil sie so breit war, dass sich manchmal Gäste dort hinsetzten. Auch jetzt saßen zwei dort und rauchten. Um alle Tischchen im Außenbereich standen Menschen, tranken etwas und unterhielten sich angeregt. Innen standen Leute Schlage, und Bernd tänzelte mit einem vollen Tablett zwischen ihnen hindurch und verteilte Kaffee und Törtchen.

»Nein«, hauchte Lea andächtig. »Wie geil ist das denn?«

Als sie das sagte, verzieh ihr Kim einiges von dem, was sie ihr angetan hatte.

»Das ist ja der Wahnsinn! So was von schnuckelig!« Lea kriegte sich gar nicht mehr ein und strebte auf den Eingang zu. Mehr noch, sie zog Kim mit sich. »Jetzt musst du mir aber alles genau zeigen. Und ich möchte mir jeden Zentimeter genau ansehen.«

Hatte sie sich nicht von Bo dieselbe Begeisterung gewünscht? Sie grüßte Bernd.

»Hallo, meine Liebe!«, rief Erik ihr vom Kaffeeautomaten zu, als er sie kommen sah. »Du bist zu früh.«

»Ich wollte einer Freundin das Café zeigen. Das hier ist Lea.«

Sie hatte den beiden gegenüber nie ein Wort über ihre Verflossene verloren. Die beiden konnten mit ihrem Namen nichts anfangen, und so kam es, dass Erik sie sehr herzlich begrüßte. »Kims Freundinnen sind auch unsere Freundinnen.«

Lea fiel sofort in ihren sprühenden Charme-Modus. Sie bewunderte alles, das ganze entzückende Ambiente: die beinahe schon antiken Stühle, die Tischchen, die Bilder an den Wänden. Alles atmete Behaglichkeit, und Lea war Künstlerin genug, um das richtig wertzuschätzen. Natürlich dauerte es keine zwei Minuten, da wussten Bernd und Erik, um wen es sich bei ihrer Person handelte: um Lea Malika Röhn – die zeitgenössische Malerin und Bildhauerin. Natürlich waren beide samt den Gästen, die es mitbekamen, sehr von ihr angetan.

»Welch eine Prominenz in unserem Café!«, hauchte Erik.

Natürlich bekam Lea allerlei Köstlichkeiten angeboten. Gerne hätte Kim sich mit ihr an das Personaltischchen zurückgezogen, doch Lea bestand darauf, mitten im Raum zu bleiben, wo sich bald eine Traube von Menschen um sie herum bildete. Was hatte sich Kim nur dabei gedacht? Dass Lea mit ihr in einer stillen Ecke sitzen und ein intimes Gespräch führen würde, bei dem sie sich eventuell für ihr Verhalten entschuldigte? Lea sah keine Notwendigkeit dazu. Außerdem genoss sie ihr Publikum, sogar hier. Ihr Bedürfnis, im Mittelpunkt zu stehen, schien gewachsen zu sein. Sie unterhielt das gesamte Café.

»Kim, ihr könnt doch die Verkostung an meiner Vernissage übernehmen«, schlug sie vor.

Kim wägte einen kurzen Moment die Möglichkeit ab, dass dies der einzige Grund gewesen sein könnte, warum sie plötzlich vor ihrer Haustür gestanden hatte. Schließlich hatte sie diese Aufgabe früher auch schon als Privatperson übernommen.

Ehe sie es ablehnen konnte, platzte Erik heraus: »Aber sehr gerne würden wir das tun!«

Also schluckte Kim ihre Vorbehalte hinunter. Vielleicht wäre es für die Patisserie eine gute Werbung.

Damit Lea sich einen Überblick über das Angebot machen konnte, schlugen sie sich zur Vitrine durch, und Lea inspizierte die Auslage. Sie war von allem begeistert.

»Die Törtchen möchte ich auf jeden Fall, und das Mürbegebäck auch. Passt doch ganz hervorragend zum Sekt. Übernehmt ihr auch den Ausschank?«

Kim zuckte mit den Schultern. »Können wir machen.«

Bis Erik und Bernd die Zeit fanden, sich an ihren Überlegungen zu beteiligen, setzten Kim und Lea sich mit einer Tasse Espresso tatsächlich an den Personaltisch im stillen Eckchen.

»Ich bleibe heute Nacht hier, wenn du mich später noch sehen möchtest – oder ihr beide.«

Kim brauchte eine Weile, um den tieferen Sinn der Bemerkung zu verstehen, also wurde Lea deutlicher.

Sie senkte verschwörerisch den Blick und sagte: »Ich muss nicht im Hotel übernachten.«

Kim zog die Augenbrauen hoch. *Das darf jetzt nicht wahr sein!*

Lea lächelte ihr Verführerlächeln. »Ich meine ja nur. Es war immer sehr schön mit dir. Und deine Freundin ist wirklich herzallerliebst.«

In Kim legte sich abrupt ein Schalter um. Sie stand auf, schnellte geradezu hoch. »Ich muss jetzt arbeiten!«, sagte sie, auch wenn es unpassend war. Aber zu anderen Worten war sie nicht fähig.

Lea sah sie überrascht an.

»Und ich glaube nicht, dass wir das Catering für dich übernehmen können. Du musst dich nach jemand anderem umsehen.«

Lea war völlig verblüfft. »Aber deine Geschäftspartner …«

»Nein.«

»Nur weil ich dich gerade gefragt habe, ob …«

Kim wollte es kein zweites Mal hören. »Bitte geh jetzt«, unterbrach sie Lea. »Kümmere dich um dein Leben und verschone mich zukünftig damit. Ich möchte nicht, dass du noch einmal vor meiner Haustür stehst und so tust, als wäre nichts geschehen. Ich habe jetzt eine Partnerin, die ich liebe. Halt dich von mir fern!«

Lea sah sie an, als wäre sie nicht ganz bei Trost. Dann verzog sie den Mund zu einem abfälligen Lächeln. »Wie du willst«, sagte sie mit einem Gesichtsausdruck, der klarmachen wollte: Du weißt nicht, was du versäumst. Aber sie verschwand auf eine für sie untypische Weise, nämlich unauffällig. Wortlos stand sie auf, nahm ihre Umhängetasche und ging. Dabei hatte Kim sich schon für eine Szene gewappnet – unnötigerweise, wie sie mit plötzlich wummerndem Herzen feststellte.

Bernd sah Lea verschwinden, blickte ihr noch einen Moment hinterher, bevor er Kim einen vorwurfsvollen Blick zuwarf. »Was war das denn?«

»Sie sieht von unserem Angebot ab«, sagte Kim lakonisch.

»Du lässt dir das Catering für Lea Malika Röhn entgehen? Das wäre doch eine geile Werbung für uns gewesen.«

Kim schüttelte den Kopf. »Lea und ich waren einmal ein Paar«, gestand sie in nüchternem Tonfall. »Sie hat mich von heute auf morgen sitzen lassen. Und jetzt bietet sie mir tatsächlich einen Dreier mit Bo an.«

»Oh!«, machte Bernd. Aufrichtige Anteilnahme spiegelte sich in seinem Gesicht. »Wenn ich diese Vorgeschichte auch nur geahnt hätte, wären wir niemals so freundlich zu ihr gewesen.«

Erik stieß zu ihnen, und Bernd weihte ihn knapp in die Situation ein.

»Du und Lea Malika Röhn?« In Eriks Stimme lag trotz allem Bewunderung.

Kim sagte nichts dazu.

»Sorry! Wir hätten natürlich kein Sterbenswörtchen mit ihr gewechselt und sie aus dem Café geschmissen, wenn …«

»Schon gut. Schon gut.«

Neue Gäste kamen, Bestellungen gingen ein. Mit leicht zitternden Händen bediente Kim den Kaffeeautomaten und stellte Tassen aufs Tablett. Obwohl sie noch aufgewühlt war, musste sie anerkennen, dass das Wiedersehen mit Lea vieles in ihr zum Abschluss gebracht hatte. Vielleicht mehr, als ein klärendes Gespräch es ermöglicht hätte.

KAPITEL
Dreißig

Kim

»Wird auch Zeit, dass du kommst«, sagte Kim, als Bo gegen halb fünf in der Patisserie aufschlug.

Sie trug eine bunt gemusterte Pudelmütze und einen dazu passenden Schal. »Hallo!« Fröhlich riss sie sich die Mütze vom Kopf, als sie ins Warme trat. Ihr langes, rotes Haar floss herab. Sie schüttelte es sich aus dem Gesicht und lenkte damit die Blicke der anderen Gäste auf sich, aber ganz anders, als Lea es getan hatte. In den Gesichtern mancher Gäste lag ein Lächeln, eine spontane Sympathiebekundung. Bo gewann die Herzen anderer allein durch ihren Anblick. War es Kim nicht genauso ergangen, als sie sie zum ersten Mal in ziviler Kleidung gesehen hatte? Gerne erinnerte Kim sich daran, wie süß Bo mit ihrem Alt-Herrenhut und ihrem Wander-Outfit ausgesehen hatte.

Aber durch die Begegnung mit Lea war ihr bewusst geworden, dass sie sich von Bo dieselbe überschäumende Begeisterung für die Patisserie gewünscht hätte. Wie dumm von ihr! Bo war nicht Lea. Gott sei Dank! Gerade noch war sie ein weiteres Mal Zeugin von Leas Oberflächlichkeit geworden. Bo hingegen wünschte sich eine feste Beziehung, in der Unstimmigkeiten angesprochen und nicht nur achselzuckend übergangen wurden. Die Erkenntnis beglückte Kim.

Sie stellte ihrer Liebsten eine Latte macchiato hin, beugte sich zu ihr und küsste sie. »Schön, dass du hier bist«, flüsterte sie.

»Und ich war mir schon sicher, du vermisst mich nicht. Wo du doch in bester Gesellschaft warst.«

Kim verzog den Mund. »Eine Gesellschaft der besonderen Art.«

Bo gab einen unbestimmten Laut von sich. »Jetzt wird es spannend«, sagte sie und verdrehte belustigt die Augen. Beziehungsweise, sie versuchte es, aber Kim ließ sich nicht täuschen. Bo war erleichtert. Und diese Tatsache gefiel ihr.

»Ich mach hier noch klar Schiff, dann verschwinden wir. Du musst dich noch etwas gedulden.«

Kim kassierte ab, räumte Geschirr in die Spülmaschine, wischte die Tische, Stühle und Flächen ab, reinigte die Glasauslage und spülte den Kaffeeautomaten durch, warf den Kaffeesatz fort und füllte frisches Wasser auf. Samstagabends war nicht viel zu tun. Die Teige für das Brot musste sie erst morgen Abend herstellen. Am Wochenende verkauften sie nur Brötchen, Körnerstangen und das Sortiment an Süßem.

Kim schloss ab und sie gingen Hand in Hand durch die Altstadt. Ihr Weg führte an einem einladenden Restaurant vorbei.

»Wie wäre es mit Spanisch? Ein paar Tapas, ein guter Wein?«, fragte Kim. »Wir sind mit dem Fahrrad hier.«

»Haben wir was zu feiern?«

»Ja, uns«, erwiderte Kim und legte den Arm um ihre Schulter. Bo schmiegte sich so weich an sie, dass sie hinterherschob: »Oder wolltest du gleich nach Hause?« Jetzt mit ihr ins Bett zu gehen, war eine Alternative, die natürlich alles andere übertrumpfen würde.

»Ich glaube, ja«, sagte Bo zu ihrer Verblüffung. Sie machte zuerst einen etwas verschämten Gesichtsausdruck, grinste dann aber. Es war ihr Ernst.

»Dann komm!«

Kim zog sie mit sich, dorthin, wo ihre Räder standen. Es war ein gewohnter Anblick, wie ihr Fahrrad an der Hauswand lehnte, an den Pfeiler geschlossen. Bos Rad lehnte an ihrem. Gemeinsam fuhren sie nach Hause – in Kims Wohnung. Sie stellten die Fahrräder in den Keller und betraten eine kühle Wohnung.

»Hast du die Heizung ausgestellt?«, fragte Kim. »Ist ja arschkalt hier.«

»Ich dachte, wenn wir nicht da sind, stell ich alles aus.«

»Aber doch nichts so! Außerdem kostet es weniger Energie, wenn du kontinuierlich ein bisschen heizt, als wenn du ganz ausstellst und wieder hochfährst«, sagte Kim. Dann grinste sie plötzlich. »Oder hast du darauf spekuliert, mich schneller ins warme Bett zu kriegen?«

Bo lachte. »Wahrscheinlich.«

Sie gingen nacheinander ins Bad und verschwanden im Schlafzimmer. Es war, als hätte Leas Auftauchen den letzten Knoten zwischen ihnen gelöst.

»Lea hat schon ein ziemlich schrilles Auftreten«, bemerkte Bo, kaum dass sie nackt beieinanderlagen.

Kim hatte auf eine ähnliche Bemerkung gewartet. Solche Gedanken gingen Bo immer durch den Kopf, sobald sie sich geborgen fühlte und sich entspannte. Kim nahm es ihr nicht mehr übel, aber vielleicht schaffte sie es zukünftig, wichtige Dinge zu besprechen, bevor sie ins Bett gingen. »Ja, da hast du recht.«

»Ihr beiden nebeneinander seht wirklich aus wie das perfekte Paar.«

Tja, so kann der Schein trügen, wollte Kim schon lapidar antworten, ging dann aber doch auf das ein, was Bo ihr zwischen den Zeilen mitteilte. »Wir waren kein Paar. Ich habe es vielleicht angenommen und für Liebe gehalten, aber dazu ist Lea gar nicht fähig. Was auch immer das zwischen uns war, es war nichts im Vergleich zu uns – zu dir.«

Bo sagte eine Weile nichts.

»Du hast dir doch keine Sorgen gemacht, oder?« Kim grinste etwas anzüglich.

»Zeig mir die Frau, die keine Beklemmungen bekommt, wenn eine so extravagante Person plötzlich vor der Haustür steht und mit ihrer Partnerin weggeht«, verteidigte sich Bo sofort.

»Es musste sein. Ich brauchte den Augenblick mit ihr allein.«

Sie lagen eine Weile so da, und Bo schien zu verstehen. Kim rollte sich auf sie und kitzelte sie dort, wo Bo sehr empfindlich war. Bo schrie auf, versuchte, sie abzuwehren, doch Kim war stärker. Ihre Albernheiten gingen rasch in eine andere Art von Berührung über. Dann wechselten sie nur noch wenige Worte, und wenn, dann nur um der anderen mitzuteilen, wie sie sich was wünschten.

Sie konnten ausschlafen am nächsten Morgen – und das hatten sie nötig. Gegen elf Uhr saßen sie am Frühstückstisch und sahen hinaus in graues Nass. Die letzten verschrumpelten Blätter waren von den Bäumen gefallen, und es regnete. Für Kim gab es kein ungeeignetes Wetter mehr, um in die Altstadt zu gelangen. Und heute Abend würde sie zurückradeln. Maximal vier Kilometer.

»Ich brauche mehr Bewegung«, sagte sie wieder. »Ich muss mehr raus an die frische Luft.«

»Ich weiß gar nicht, was du hast.« Bo grinste. »So gesehen bewegst du dich viel im Café. Und ab und zu darfst du ja auch draußen bedienen. Da bist du doch an der frischen Luft.« Sie giggelte vor sich hin.

»Schön, wenn man eine Partnerin hat, die deine Bedürfnisse für voll nimmt.« Kim verzog das Gesicht. »Ich muss los«, sagte sie wenig später, und sie küssten sich flüchtig.

»Tschüss!«, sagte Bo. »Ich komme dann auch bald.«

Versprochen war versprochen: Bo wollte heute im Service helfen.

KAPITEL Einunddreißig

Kim

ALS BO KAM, war Land unter. Bernd schraubte an der Kaffeemaschine, weil die mit einem wütenden Zischen den Dienst eingestellt hatte. Kim bediente an der Theke. Die Schlange der Wartenden nahm bereits ungemütliche Ausmaße an. Wenn zu viele Leute im Café standen, wurde das Bedienen schwierig. Erik war hinten in der Backstube und holte Nachschub. Wahrscheinlich verzierte er aber gerade noch rasch ein paar Törtchen.

»Da bist du ja!«, rief Kim, als sie Bo erkannte. Sie verschluckte das Wort »endlich«. Schon seit einer halben Stunde sehnte sie sich nach einer Person, die draußen abkassierte. Dann würden die Gäste von draußen nicht auch noch reinkommen und sich anstellen. Sie zog ihre dicke Kellnerbörse aus dem Gürtel, drückte sie Bo in die Hand. »Geh raus und kassier ab, du darfst auch gerne neue Bestellungen aufnehmen und rausbringen.«

»Äh, ich war nie sonderlich gut im Kopfrechnen.«

»Dann lernst du es jetzt.« Kim wandte sich der Schlange

zu. »Die junge Dame kommt raus zum Abkassieren. Sie dürfen draußen warten.«

»Wo ist die Preisliste?«, fragte Bo.

»Liegt überall aus. Auch draußen. Kannst dir eine einstecken. Da sind ein Block und ein Stift, wenn du noch analog abrechnen möchtest.« Mit dem Kopf wies sie ans Ende der Theke. Erik und Bernd hingen an ihren Blöcken, zumindest so lange, bis Kim sie von der Bestell-App überzeugt hatte, die sie nun alle auf ihren Handys installiert hatten. Die war ganz einfach: Tischnummer eingeben, Bestellungen eingeben, am Ende Summe drücken, fertig.

Kim setzte ein Lächeln auf und wandte sich dem nächsten Kunden zu. »So, was darf es sein?«

»Ich dachte, ihr habt so eine Bestell-App«, hörte sie Bo sagen.

Hätte ich zu Hause mal nicht so viel erzählt. »Zeige ich dir später«, antwortete Kim, während sie einen Karton mit Kuchen herrichtete.

»Okay. Dann geh ich mal.« Bo trollte sich davon.

Kim spähte ihr hinterher. Bo schien ihre Sache gut zu machen. Gelächter war zu hören. Irgendwann kam sie zurück.

»Noch drei Glühwein und eine Latte«, rief sie ihnen zu, als würde sie schon ewig hier arbeiten.

»Hab's gleich«, schnaufte Bernd. »Müsste gleich wieder funktionieren.«

Ein deutliches Zischen ertönte und Wasser floss aus der Maschine. Kim erschrak, aber Bernd schien zufrieden.

»Super! Eine Latte? Kommt gleich. Erst mal das andere hier.« Er griff hinter sich, wo fein säuberlich die Zettel mit bestellten Heißgetränken aller Art lagen. Niemand durfte sich vordrängeln, das war seine Devise. »Glühwein ist in dem Topf um die Ecke«, wies er Bo an. »Glühweingläser dazu stehen im Schrank dahinter.«

Bo füllte dreimal Glühwein ab, brachte sie hinaus und wurde freudig empfangen. Als sie wiederkehrte, warf Kim ihr einen prüfenden Blick zu. Es schien ihr Spaß zu machen. Ab jetzt behielt Bo die Tische innen wie außen im Blick, notierte sich das Gewünschte, gab es weiter, brachte es an die Tische. Sie entlastete das Team wirklich. Bo hatte ein gutes Auge dafür, wo sie gebraucht wurde, und zudem war sie wirklich charmant. Und sie lernte schnell.

»Haben wir eine Bratapfeltorte?«, fragte sie später. »Ich finde sie gar nicht auf der Karte.«

»Das ist eine neue Kreation von Erik. Wir sind noch nicht dazu gekommen, unsere Karte zu aktualisieren. Insider wissen aber, dass es sie gibt. Geh mal in die Backstube und frag Erik, ob er sie rausrückt.« Kim lachte.

Wenig später kehrte Bo mit einer Torte zurück, deren oberste der Schicht aus Eierlikör und Sojasahne übervoll mit Haselnüssen und Krokant dekoriert war.

»Kannst du mir die anschneiden? Ich trau mich nicht«, sagte Bo.

Kim schnappte sich ein großes Messer, setzte mit geübter Hand an, teilte sie zuerst in der Hälfte und die jeweils in exakt sechs gleich große Stücke.

»Das reicht für den Anfang«, entschied sie. Der Rest blieb so formstabiler.

Bo betrachtete das Innere des Backkunstwerks. Auf einem Mürbeteigboden waren ganze Bratäpfel arrangiert und fest in eine Creme eingeschlossen, die nach Vanille duftete. Sie lächelte verschmitzt. Ja, es machte gute Laune, wenn man mit solchen Leckereien zu tun hatte.

»Lege oder stelle ich so ein Stück auf den Teller?«, fragte sie.

»Wie du es besser hinkriegst. Bevor es dir kaputtgeht, legst du es lieber hin.«

Es machte Kim besonderen Spaß, ihrer Liebsten bei ihren Bemühungen zuzuschauen. Natürlich dauerte es etwas, aber sie alle hatten mal so angefangen. Das Geschick und die Sicherheit kamen mit der Zeit. Bo hatte die besten Voraussetzungen.

Sie blieb bis zum Feierabend. Um siebzehn Uhr ließ Erik sich dazu breitschlagen, eine letzte Runde zuzulassen, dann wurde abkassiert. »Weil doch Vorweihnachtszeit ist«, sagte er achselzuckend. »Wer kann da schon so streng sein.«

Weil Bo beim Saubermachen half, konnten Erik und Bernd die Brotteige für den nächsten Tag vorbereiten und zum Gehen in den kalten Ofen schieben. Um acht war alles getan, und sie machten Schluss für heute.

»Ein schönes Gefühl«, bestätigte Bo, als sie die stilvolle Tür der Patisserie abschlossen und zu ihren Rädern gingen. »Das macht echt Laune.«

»Sag ich ja.«

»Könnt ihr mich unter der Woche auch gebrauchen?«

»Zurzeit können wir jede Hand zu jeder Zeit gebrauchen. Die Leute rennen uns die Bude ein. Ich hätte nicht damit gerechnet, dass unser kleiner Geheimtipp sich so schnell rumsprechen würde.«

»Dann komme ich in der Vorweihnachtszeit jetzt immer nach dem Dienst, wenn ich nichts anderes erledigen muss.«

Kim sah sie verblüfft an. »Das würdest du tun?«

Am Abend kuschelten sie sich mit Schnittchen und sauren Gürkchen aufs Sofa. Nach dem stundenlangen Anblick von Süßem überkam einen manchmal der Heißhunger nach etwas Herzhaftem.

Ausflüge mit dem Bulli kamen gar nicht mehr infrage, weder an den Wochenenden noch unter der Woche. Zurzeit war es kaum möglich, einen halben Tag freizumachen. Die Vorweihnachtszeit brachte ihnen viele Gäste und noch mehr Arbeit. Aber egal, die Campingplätze hatten sowieso geschlossen, und autarkes Campen war nicht möglich, denn im Bus fehlten WC und Bad. Aneinandergekuschelt schmiedeten sie Pläne für das nächste Frühjahr.

»Sollen wir den Bulli gegen ein kleines Wohnmobil eintauschen?« Kim zeigte Bo Webseiten verschiedener Anbieter.

»Schau mal, dieses hier! Würde dir das nicht gefallen?« Sie zeigte auf einen Teilintegrierten. »Wir wären autark, könnten auf jedem Stellplatz drei Tage stehen. Wir hätten ein größeres Bett, eine Küche und viel mehr Stauraum.«

Bo war Neuerungen gegenüber nicht mehr ganz so verschlossen. Sie äugte neugierig auf die Seite, die Kim aufgerufen hatte.

»Oh ne! Kein Wohnmobil! Die find ich so was von spießig. Wie die von innen schon aussehen! Das erinnert mich immer an die Eiche-massiv-Möbel meiner Großtante Gerda.«

»Magst du sie nicht?«

»Schon, aber ich fühle mich noch zu jung für so etwas. Gibt es keinen Camper, der nur ein bisschen größer ist als ein Bulli?«

»Doch gibt es. Den hier.« Kim wartete auf eine ganz bestimmte Reaktion.

Bo erinnerte sich sofort. »Ist das nicht der gleiche wie der Orangene von dem jungen Paar?«

»Könnte sein.« Kim grinste.

»Ich weiß, dass du dich in die L-Küche verliebt hast. Aber ist der nicht zu breit? Ich meine ja nur wegen der Parkplatzsuche in der Innenstadt.«

»Ich fahre mit dem Fahrrad zur Arbeit. Die meisten Einkäufe erledige ich auch mit dem Rad. Eigentlich brauche ich den Bus nur noch für unsere Ausflüge, oder nicht?«

»Stimmt«, gab Bo zu. Und sie dachte noch weiter. »So gesehen könntest du ihn zum Winter auch abmelden.«

»Hm. Mal sehen.«

»Ich habe doch auch ein Auto«, sagte sie entschieden. »Nimm meines, wenn du im Winter eins brauchst. Ist doch sowieso quatsch, dass wir alles doppelt haben.«

Kim wurde hellhörig. Das Thema gefiel ihr. Sie richtete sich auf. »Wann fangen wir mit deinem Umzug an? Da könnte sich der Bulli noch mal nützlich machen, bevor er wieder in die Winterruhe fällt. Ich bin dafür, dass wir heute schon mal einen Teil deiner Sachen umräumen.«

»Und was mache ich mit der Wohnung?« Bo kaute nachdenklich an ihrer Unterlippe.

»Vermiete sie, wenn du sie nicht verkaufen möchtest.«

Bo blies die Luft aus den Backen. »Ich kann mich nicht überwinden, jemand Fremdes in meine Wohnung zu lassen. Das müsste schon jemand sein, den ich kenne.«

Kim konnte sie verstehen. Bos Wohnung war etwas ganz Besonderes mit dem sichtgeschützten Balkon auf dem Dach, der kleinen Landhausküche und dem gemütlichen Wohnzimmer mit der schrägen Holzdecke. Für eine Person war sie üppig, für sie beide wäre sie Kim zu klein. Bei ihr hatten sie wesentlich mehr Platz, waren schneller in der Altstadt, und trotzdem lag ihre Wohnung ruhiger.

»Du hast es ja nicht eilig. Dann lässt du sie eben leer stehen. Aber du sparst dir schon mal die Heizkosten.«

KAPITEL
Zweiunddreißig

Kim

Sie fuhren am selben Abend noch zu Bos Wohnung.

»Meine Kleider würden bei dir reinpassen, den Schrank kann ich also hierlassen. Und das Bett auch. Ein Regal und eine Kommode für meine Schuhe und meine Bücher brauche ich aber unbedingt.«

Kim lachte auf. Dabei fühlte sie sich in Bos Wohnung nicht sonderlich wohl. Alles hier erinnerte sie an Sandra, Bos letzte Freundin. Bestand sie deswegen so sehr darauf, dass Bo zu ihr zog? Wollte sie sich nicht in die Folge derer einreihen, denen Bo hier Unterschlupf geboten hatte? Sandra jedenfalls hatte Bos Großzügigkeit schamlos ausgenutzt. Bo war ihrer Meinung nach zu gutmütig gewesen.

Bo küsste sie freudestrahlend. »Das hier muss alles mit. Passt das rein?«

»Klar«, antwortete Kim mit dem Blick auf die Kommode, die einzelnen Bretter und die Kartons voller Bücher. »Du hast das Bücherregal allein abgebaut? Da hätte ich dir doch geholfen!« Kim erinnerte sich an Bos unbeholfene Versuche, ihr Bett zusammenzuschrauben.

»War kein Problem.«

»Und wo hast du die Schrauben hingetan?«, fragte Kim vielleicht etwas zu argwöhnisch.

Bo bemerkte es sofort. Ihre Augen wurden schmal. »Die habe ich gerade eingesteckt. In meine Hosentasche. Möchtest du es kontrollieren?«

»Gerne.« Kim grinste.

Bo gab einen unwilligen Laut von sich, ging in die Küche und packte noch ein paar Kleinigkeiten in ihre Tasche. »So, wir können.«

Gemeinsam fingen sie mit dem Schwersten an, der Kommode, doch auch deren Gewicht war kaum der Rede wert. Danach verstauten sie die Bretter so, dass sie während der Fahrt nicht beschädigt werden konnten. Als Letztes trugen sie die Kartons die Treppen hinunter.

»Boah! Was ist da drin? Bücher?« Kim musste ihre ganze Kraft aufbringen.

»Soll ich helfen?«, fragte Bo.

»Nimm du lieber das andere Zeug.«

Nachdem Kim auch noch den zweiten Karton heruntergehievt hatte, schaltete Bo den Strom ab, drehte den Haupthahn zu und schloss ab.

Wenig später saßen sie nebeneinander im Bus. »Elli hat auch schon gesagt, sie wüsste jemanden, der ganz dringend eine Wohnung bräuchte. Aber …« Bo schüttelte den Kopf. »Ich kann mich nicht dazu durchringen.«

»Elli?«, fragte Kim. »Wer ist Elli?«

»Sie wohnt im ersten Stock. Sie hat mir damals die Luftmatratze ausgeliehen.«

»Die mit dem Loch?« Kim verzog das Gesicht, sie erinnerte sich allzu gut daran.

»Ja.«

»Na, der würde ich nicht vertrauen.«

Bo protestierte nicht einmal.

Zu Hause angekommen luden sie aus. Das Einräumen war viel einfacher.

»Wo willst du das Regal hinhaben? Ins Wohnzimmer?«

Gemeinsam suchten sie nach einer geeigneten Stelle. Platz gab es genug, sogar im Flur.

»Ich glaube, das Wohnzimmer könnte noch ein Ticken mehr Wohnlichkeit vertragen. Was meinst du?«, fragte Bo vorsichtig.

Kim nickte. »Jau. Her mit den Schrauben. Zusammenbauen tu ich es.«

»Und die Kommode in den Flur?«

»Klar.« Als Kim sie öffnete, entdeckte sie etliche Schuhe, die sie noch nie an Bo gesehen hatte. »Bist du sicher, dass du die alle anziehst?«, fragte sie verblüfft.

»Sicher, die brauche ich.«

Kim schüttelte den Kopf. Bei ihr wären die längst rausgeflogen. Dinge, die sie über ein Jahr lang nicht verwendete, wurden entsorgt. Diese Regel hatte sich als gut erwiesen. Sie gab die Dinge ab, und jemand anderes erfreute sich daran. Außerdem behielt sie den Überblick über ihren Hausstand und eine ruhige und aufgeräumte Atmosphäre. Mit Bo verlor die Wohnung nach und nach etwas von ihrer Leere und sah nun fast wieder normal aus. Morgen würde eine neue Woche beginnen, die erste, in der sie offiziell zusammenlebten.

KAPITEL
Dreiunddreißig

Bo

»ICH DARF EUCH IRENE VORSTELLEN. Für all diejenigen, die sie heute noch nicht kennengelernt haben: Irene arbeitet ab sofort zu achtzig Prozent bei uns und schließt damit eine große Lücke.« Heike, die Teamleitung der OP-Assistenten, nickte Irene dankbar zu und schaute dann in die Gesichter der Anwesenden, die sich in ihrem Büro versammelt hatten. Hier wurden in ihrer monatlichen Teamsitzung die Dienstpläne und Anliegen aller Art besprochen.

»Sind wir damit wieder voll besetzt?«, fragte eine Kollegin.

»Nein. Wir haben noch eine ganze freie Stelle, die aber jetzt noch einmal ausgeschrieben wird. Und wir würden jederzeit noch ein oder zwei Teilzeitkräfte zu dreißig Prozent einstellen.«

»Was ist mit Kim? Hat sie das Angebot mit den dreißig Prozent nicht angenommen?«, hakte dieselbe Kollegin nach.

Bo suchte irritiert Heikes Blick. Hatte die Teamleitung das wirklich schon herumerzählt? Sie hatten diese Möglichkeit doch lediglich unter vier Augen in Betracht gezogen. Vielleicht wollte sie den anderen so ihr Bemühen demonstrieren.

»Äh, nein, das war nur so eine Idee von mir«, sagte Heike nun. Es war ihr sichtlich unangenehm, das zugeben zu müssen.

»Sie kommt also nicht zurück?«

»Nein, leider nicht«, antwortete Heike.

»Schade. Ich hatte schon gehofft, sie würde sich drauf einlassen.« Die Kollegin wandte sich an Bo. »Was macht Kim denn den ganzen Tag so? Läuft das Café?«

Bo ärgerte sich über diese Frage. »Ja, sehr gut«, betonte sie. »Es hat jetzt schon Kultstatus in der Altstadt. Ich glaube nicht, dass sie Zeit finden würde, hier noch Dienst zu schieben.«

»Ach ja!«, seufzte eine andere auf. »Kim hat es richtig gemacht.«

Heike überging den Kommentar. »Auf jeden Fall sorgt Irenes Mitarbeit zukünftig für Entspannung. Hat noch jemand Fragen zum Dienstplan?«

Natürlich gab es die. Außerdem wurden Urlaubswünsche und Angebote, Dienste zu tauschen – insbesondere Bereitschaftsdienste –, besprochen. Das Übliche. Nach einer Stunde war das Meeting vorüber.

»Diese Kim scheint ja echt ein Verlust zu sein. Du kennst sie gut?«, fragte Irene Bo, als sie nach Feierabend gemeinsam die Klinik verließen. Es sollte der Einstieg zu einem kollegialen Small Talk sein, deshalb ging Bo entspannt damit um.

»Kim ist meine Partnerin«, erklärte sie und lächelte.

»Oh, entschuldige! Und sie hat lange Zeit hier gearbeitet?«

»Fünfzehn Jahre.«

Irene war sichtlich beeindruckt. »Und nach so langer Zeit hat sie wirklich ein Café eröffnet?«

»Zusammen mit zwei anderen«, antwortete Bo, wenn es auch nicht exakt der Wahrheit entsprach.

»Kann ich das mal sehen? Das Café, meine ich. Wo ist es?«

»Es ist öffentlich.« Bo lächelte schräg. »In der Altstadt. Die kleine Patisserie. Du findest es ganz leicht.«

»Ich bin sowieso die Tage mal in der Stadt. Muss auf dem Amt nachfragen, ob wir beim nächsten Stadtfest mit unserer Rettungshundestaffel wieder mit dabei sein dürfen.«

»Rettungshundestaffel?«, wiederholte Bo.

»Ja, mein Mann und ich bilden Hunde aus, die im Brandfall nach Opfern Ausschau halten oder nach Vermissten suchen.«

»Das ist ja mega! Mit welcher Rasse arbeitet ihr?«

»Mit Border Collies.«

»Die finde ich so süß!«

»Hast du auch einen Hund?«

»Nein. Ich glaube, ich hätte nicht genug Zeit. Ein Hund braucht so viel Auslauf.«

»Es muss ja nicht gleich ein Husky sein.« Irene lachte. »Den Kleinen reicht dreimal eine Runde um den Block und hin und wieder ein längerer Spaziergang.«

Als sie sich am Parkplatz verabschiedeten, dachte Bo darüber nach. Ein Hund brauchte Bewegung an der frischen Luft, genau wie Kim. So gesehen würden sie gut zusammenpassen. Sie beide und ein Hund. Warum eigentlich nicht? Einige Zeit saß sie noch hinter dem Steuer, ohne loszufahren. Morgen würde sie sich länger mit Irene unterhalten.

KAPITEL
Vierunddreißig

Kim

Vielleicht war es Bos Entschlossenheit gewesen, die Kims plötzliches Interesse an der Auslage des Juweliergeschäfts erklärte. Täglich fuhr sie zweimal daran vorbei. Wenn Bo sich nun vorbehaltlos für sie entschieden hatte, sprach nichts gegen ein solches Geschenk. Also trat sie ein.

Sie kannte das Geschäft nur zu gut. Lea hatte es mehrmals mit ihr besucht. Der Inhaber war einer der wenigen, die das Goldschmieden noch richtig gelernt hatten und selbst Schmuck herstellten. Ausgefallene Ringe und Broschen gab es hier, natürlich zu entsprechendem Preis. Heute interessierte sich Kim für die Ringe. Gerne würde sie Bo einen zu Weihnachten schenken. Keinen Verlobungsring, das würde sie vielleicht zu spießig finden, aber einen wertvollen Freundschaftsring in zeitlosem Design, von dem sie selbst ein Abbild am Finger trug. Das würde sie bestimmt nicht ausschlagen. Kim hatte ein Faible für Silber. Gold war nicht ihres. Sie liebäugelte mit einem schlicht geschmiedeten Ring, in den drei kleine Diamantsplitter eingearbeitet waren. Sie steckte ihn an ihren Finger. Er passte.

»Können Sie mir von dem hier noch einen Zweiten anfertigen?«, fragte sie den Juwelier.

»Aber natürlich«, versicherte er galant. »Ich glaube, die Ringgröße der Beschenkten liegt mir noch vor. Lea Malika Röhn, nicht wahr?«

Mist, warum kann sich jeder so gut an sie erinnern?

»Äh, nein.« Kim räusperte sich. »Die Ringgröße muss ich erst noch in Erfahrung bringen. Ich könnte Ihnen morgen eine entsprechende Vorlage vorbeibringen«, schlug sie vor. Sicher wäre es ihr möglich, einen von Bos Ringen unauffällig verschwinden zu lassen.

»Entschuldigen Sie, ich wollte nicht indiskret sein.« Peinlich berührt schaute der Juwelier für einen Moment auf den Boden.

»Schon gut, so spielt das Leben.« Kim lächelte. »Wenn Sie möchten, zahle ich schon mal beide.«

»Nein, nein«, wehrte er entsetzt ab. »Sie bezahlen erst, wenn Sie beide Ringe abholen. Dann poliere ich Ihnen diesen hier noch etwas auf. Oder wünschen Sie ihn matt?«

Kim überlegte. »Oh ja! Das sieht sicher gut aus.« Dann würden die blitzenden Diamantsplitter noch mehr auffallen.

»Sehr gerne«, antwortete er und deutete eine Verbeugung an. Er hatte seinen Humor wiedergefunden.

Kim versprach, morgen wiederzukommen, und verabschiedete sich mit einem beschwingten Gefühl. Was für ein schönes Weihnachtsgeschenk für Bo.

Sie radelte nach Hause. Bo war schon da, trotz der Dienstbesprechung, die sie heute gehabt hatte. Die war auch der Grund, warum sie nicht in die Patisserie gekommen war. Kim hatte darauf gehofft, ein wenig Zeit allein in der Wohnung zu haben. Mist! Dann würde sie eben heute Abend unauffällig einen von Bos Ringen stibitzen.

Als sie ins Wohnzimmer kam, klappte Bo ihren Laptop zu.

»Hi«, grüßte Kim, kam zu ihr und küsste sie. »Hast du Geheimnisse vor mir?«

»Ich? Nein.«

Natürlich hatte sie das. Das Nein war viel zu schnell gekommen. Kim grinste verstohlen.

»Ich habe schon den Tisch gedeckt und Salat gewaschen«, sagte Bo schnell. »Für die Soße bist du zuständig.«

»Na dann!« Kim hatte den Rest der Mayonnaisecreme mit nach Hause genommen. Daraus würde sich ruckzuck ein Salatdressing herstellen lassen. »In fünf Minuten gibt es Essen. Es lohnt sich also nicht mehr, in die Weiten des Internets abzutauchen.«

Bo fühlte sich ertappt. »Ja, Mama«, sagte sie seufzend.

»War es bei dir heute weniger stressig als sonst?«, fragte Kim, als sie nach dem Essen die Teller abräumte.

»Warum fragst du?«

»Normalerweise siehst du um diese Zeit erschöpfter aus.« Natürlich war das übertrieben.

»Wir haben eine Neue«, sagte Bo, als würde das alles erklären. »Hören wir noch ein bisschen Aretha Franklin?«

»Leg auf«, antwortete Kim.

Gemeinsam kuschelten sie sich aufs Sofa und lauschten der außergewöhnlichen Stimme. *Eigentlich sollte ich putzen und bügeln,* dachte Kim. Der Haushalt kam in letzter Zeit zu kurz. Aber wahrscheinlich würde das ab jetzt jedes Jahr so laufen. Die Vorweihnachtszeit forderte sie alle, dafür spülte sie ansehnliche Einnahmen in die Kasse. Also gab es keinen Grund, sich zu beklagen.

KAPITEL
Fünfunddreißig

Kim

AUF DEM MARKTPLATZ wurde der Weihnachtsmarkt aufgebaut. Überall schossen kleine Holzstände wie Pilz aus dem Boden, natürlich brav in Reih und Glied. Ein großer Weihnachtsbaum wurde mithilfe eines Krans aufgestellt und mit einer gigantischen Lichterkette versehen. Kindergärten und Schulen spendeten Strohsterne.

»Jetzt noch ein paar schöne rote Kugeln«, schwärmte Erik.

»Oder Lametta«, ergänzte Bernd.

»Das gibt es nicht mehr, was ja auch richtig ist«, bemerkte Kim.

Beinahe andächtig standen die drei am Rand des Marktplatzes und betrachteten die Geschäftigkeit. Weihnachten kam jetzt mit großen Schritten auf sie zu.

»Wahrscheinlich wird unser Umsatz an Glühwein jetzt zurückgehen. Die Leute werden hierhin strömen«, sagte Bernd.

»Abwarten. Wenn ihnen der Trubel zu viel wird, kommen sie zu uns.« Kim blieb zuversichtlich. Außerdem verdienten sie mit dem Glühwein nicht viel, aber er zog die Menschen an, und die meisten kauften noch etwas anderes.

»Warten wir es ab«, sagte Erik pragmatisch.

Um elf Uhr würde der Markt durch den Bürgermeister offiziell eröffnet werden, und für die Standbetreiber würden die kommenden vier Wochen eine arbeitsintensive Zeit werden. Überall konnte man etwas Leckeres essen und trinken. Natürlich gab es viele Stände mit weihnachtlichem Angebot wie handgeblasenen Glaskugeln, die Erik sich auf jeden Fall ansehen wollte, Schnitzereien aus dem Erzgebirge, Räuchermännchen, Krippen und Sterne. Eine bezaubernde Atmosphäre entstand hier, gleich um die Ecke von ihrem Café.

»Das ist immer die romantischste Zeit in der Patisserie. Bernd und ich genießen es jedes Jahr. Nicht wahr?« Erik nahm seinen Liebsten an die Hand und hielt sie fest.

Für einen Moment standen sie schweigend da, bevor Kim sich entschlossen umdrehte. Heute wartete wieder viel Arbeit auf sie.

Bo war eine echte Unterstützung. Am Nachmittag stand sie nach Dienstschluss wieder auf der Matte, mit geröteten Wangen und leuchtenden Augen. »Bin spät dran, sorry! Habt ihr den Baum auf dem Marktplatz gesehen? Wahnsinn, oder?«

Kim kam gerade aus der Backstube. »Wir haben ihn uns heute Morgen angeguckt. Wie war dein Tag in der Klinik?«

»Geht so. Es wird langsam besser. Die Neue ist echt gut. Heike kann sie schon voll einplanen.«

»Freut mich!« Kim wechselte ein Blech hinter der gläsernen Theke: Haselnussmakronen nach einem Rezept von Bernd.

»Ich wasch nur kurz meine Hände, dann kann's losgehen«, sagte Bo.

Als sie wiederkam, trug sie die gleiche Schürze um die

Hüfte wie das restliche Team: cremefarben, passend zu der aufgedruckten Tasse Cappuccino mit zwei Herzen aus Milchschaum im Hintergrund. In dunkelbraunen Lettern stand darauf geschrieben: »Wir sind anders!« Erik und Bernd hatten sie in Auftrag gegeben und damit Eriks Slogan treffend umgesetzt.

»Bernd hat sie mir gegeben. Jetzt bin ich auch anders.« Sie grinste. Um die Taille trug sie einen Gürtel mit integrierter Tasche, in dem ein großer Geldbeutel und ihr Handy steckten.

»Alles von Bernd?«, fragte Kim erstaunt.

»Ja. Ich habe doch gesagt, dass ich in der Vorweihnachtszeit mithelfe.«

»Hast du«, antwortete Kim. »Aber heißt das, du kommst jeden Tag? Du arbeitest doch Vollzeit in der Klinik.«

»Genau. Und deshalb komme ich zum Runterschalten gerne zu euch.«

»Ah, der Stress der anderen Art.«

»Schöner Stress!« Bo lachte, ging zum Tresen und nahm das Tablett mit den zwei Espressi. »Wohin?«, fragte sie.

»Tisch vier«, antwortete Bernd, und Bo ging davon. »Weißt du was?« Bernd trat zu Kim. »Wenn Bo jetzt da ist, könnte ich doch früher verschwinden, oder?«

»Klar. Warum nicht?«, entgegnete Kim.

»Erik ist dran mit den Brotteigen. Vielleicht kannst du ihn ein bisschen länger hierbehalten.« Er zwinkerte ihr zu.

»Was planst du denn?«, fragte Kim grinsend.

Bernd sah sich um, ob Erik wirklich nicht in der Nähe war. »Ich möchte ihm etwas ganz Besonderes kochen. Coq au Vin, sein Leibgericht. Wir haben heute Hochzeitstag, weißt du?«

»Oh! Glückwunsch!«

»Sag aber bloß nichts zu Erik. Das soll eine Überraschung werden.«

»Ich schweige wie ein Grab.«

»Ach«, sagte er noch, bevor er ging, »lass die Kartons hier

einfach so stehen. Da ist Christbaumschmuck drin. Den schmücke ich morgen.«

»Den Christbaum?«

»Ja. Kriegen wir morgen. Wird geliefert. Eine Nordmanntanne.«

»Wo willst du die denn hinstellen?«

»Na, draußen natürlich. Hier drin ist ja kein Platz. Aber an die Fenster kommen Kerzen und draußen Lichterketten.«

»Ich glaub's ja nicht.«

Bernd lachte. »Du wirst sehen, es wird großartig werden. Ich muss los!« Er rief einen kurzen Abschiedsgruß in Richtung Backstube. »Tschüss Erik, ich geh schon mal.«

Erik kam prompt heraus. »Wo gehst du denn hin?«

»Ich muss noch einen Weihnachtsbaum aussuchen.« Eine glatte Lüge, aber Erik glaubte ihm.

»Dann bis später«, sagte er, und Kim erschien es, als vermisste er ihn schon jetzt. Die beiden waren wirklich ein unzertrennliches Paar.

Durch die Scheibe beobachtete sie, wie Bernd noch ein paar Worte mit Bo wechselte und dann in den Gassen verschwand.

KAPITEL Sechsunddreißig

Kim

KIM SCHIEN ES, als wollten Bernd und Erik dem Weihnachtsmarkt Konkurrenz machen. Die Patisserie wurde märchenhaft in Szene gesetzt. Nicht genug, dass zwei Feuerschalen auf der Terrasse standen und das wetterfeste Segel mit einer Lichterkette ausstaffiert wurde. Jetzt hingen überall Weihnachtssterne in den Fenstern.

»Es war gar nicht so einfach, die in einem warmen Licht zu bekommen. Die können sogar blinken, willst du mal sehen?« Erik führte es ihr begeistert vor.

»Ich glaube, blinken muss nicht sein. Lass sie einfach friedlich leuchten«, gab Kim vorsichtig zu bedenken.

Die Sterne waren nicht die einzige leuchtende Dekoration. Über die gesamte Hausbreite der Patisserie hatten die beiden eine Eisregenlichterkette gespannt, die erst kurz über der Tür endete, und draußen auf den beiden breiten Fenstersimsen, die im Sommer manches Mal als Sitzplatz herhalten mussten, lagen Flechtwerke aus Tannenzweigen, Zapfen, Äpfelchen und unzähligen LED-Sternen. Es wirkte einladend, wenn auch etwas opulent. Klar, dass die beiden ganz in ihrem Element waren. Jeden Tag kam mehr dazu.

»Macht, was ihr wollt, ich möchte nur nichts Buntes oder Blinkendes, okay?«, sagte Kim.

Die beiden waren entsetzt. »Aber natürlich nicht! Wo denkst du hin?«

Bo staunte nicht schlecht, als sie am Nachmittag zu ihnen stieß. Sie war müde und trank erst mal einen Espresso. »Das hat schon was, wenn man sich nach dem Dienst erst mal hierher flüchten kann«, sagte sie, während sie sich umsah. Auch sie entdeckte immer wieder etwas Neues. »Dekorieren wir zu Hause auch? Kaufen wir uns einen Baum?«, fragte sie Kim unvermittelt.

»Ein bisschen dekorieren können wir schon, aber einen Baum brauchen wir nicht. Den haben wir bald hier«, antwortete Kim. Mit einer knappen Bewegung wies sie nach draußen. »Auf der Terrasse. Und so, wie ich Bernd und Erik kenne, werden die ihn so schön schmücken, dass ich das sowieso nicht toppen könnte.«

»Brauchen wir auch nicht«, fand Bo. »Wir sind doch an Heiligabend hier, oder war das nur ein Witz?«

»Ich glaube nicht.«

»Und das mit dem Gänsebraten?«

»Könnte klappen.« Kim grinste.

Bo lehnte sich zurück und seufzte auf. »Das wäre richtig geil.« Nach einer Pause sagte sie: »Hier ist so eine heile Welt. Das braucht man einfach zum Auftanken.«

Kim sah sie nachdenklich an. Besser hätte man es nicht sagen können.

Der Weihnachtsmarkt spülte neue Gäste zu ihnen. Darunter waren auch einige Klinikmitarbeiter, die aus Neugierde oder durch Zufall auf die Patisserie gestoßen waren. Kim hielt die Gespräche mit ihnen freundlich, aber unverbindlich. Alle fanden ihre Initiative bewundernswert, manche beneideten sie ganz offen.

»Das würde ich auch gerne machen.«

Über solche Bemerkungen lächelte sie nur, ging aber nicht weiter darauf ein, auch nicht, als manche sich für einen Mini-Job anboten. Das hätte ihr gerade noch gefehlt! Wieder eine Selbsthilfegruppe für überlastete Klinikmitarbeiter? Ihr reichte die erste.

Auch Ben und Carla tauchten eines Tages auf, flanierten Hand in Hand an der Patisserie vorbei, und Carla blieb mit großen Augen stehen. Nach einigem Hin und Her traten sie ein. Leider fand sich weder drinnen noch draußen ein Platz für sie. Kim zuckte bedauernd mit den Schultern.

Carla wollte gerne einen Glühwein im Stehen trinken, aber Ben meinte: »Das können wir auch auf dem Weihnachtsmarkt.« Es schien ihm unangenehm zu sein, in ihrem Café zu bleiben.

Kim beließ es also bei einem kurzen Plausch mit den beiden. Es ging ihnen gut und Errat auch, zu dem sie noch ab und zu Kontakt hatten, aber nicht mehr viel. Schließlich verabschiedeten sie sich und zogen weiter. Carla warf noch einen sehnsüchtigen Blick zurück. Gerne hätte sie auf einen freien Platz gewartet, das sah man ihr an. Und wenn Kim gewollt hätte, wäre es möglich gewesen, ihnen Platz zu schaffen, und sei es an ihrem Personaltischchen. Aber Kim wollte nicht. Sie hatte hier im Café nun mal das Hausrecht. Wenn sie sagte, dass kein Platz mehr frei war, dann war das so. Selbstbewusst schlängelte sie sich durch die Menschen, kassierte ab, nahm Bestellungen auf, brachte Nachschub. Es fühlte sich einfach gut an, sein eigener Chef zu sein.

Auch Bo genoss es von Tag zu Tag mehr, und immer öfter kam es vor, dass sie mit Leuten ins Gespräch kam, sich über Zöliakie austauschte und wertvolle Tipps bekam. Sie war beliebt unter den Gästen, und auch jetzt gerade unterhielt sie sich mit einer Frau, die einen Border Collie an der Leine führte. Sie schienen sich intensiv auszutauschen, denn Bo hatte ganz leuchtende Augen.

KAPITEL
Siebenunddreißig

Bo

»ICH BIN DOCH IM ZÜCHTERVERBAND«, erklärte Irene. »Da habe ich natürlich zu allen Kontakt, die hier im Raum Welpen verkaufen. Eine Freundin von mir züchtet Bichon Frisés. Kennst du die Rasse?«

»Äh, nein. Ich kenn mich nicht so aus mit Hunden.«

»Ich zeig dir mal ein Bild.« Irene zog ihr Handy aus der Tasche, wischte zweimal darüber und hielt Bo ein Bild hin. »Das ist ein Bichon Frisé.«

»Oh Gott, wie süüüß!« Bo schmolz dahin bei dem Anblick der flauschigen Schneeflocke mit den dunklen Kulleraugen.

»Die sind auch für Anfänger geeignet. Sie sind familienfreundlich, kinderlieb, wenn man sie nicht gerade blöd anfasst, und es sind keine Kläffer. Im Haus sind sie ruhig und draußen schnüffeln sie überall rum und lieben lange Spaziergänge.«

»Auch Wanderungen?«

»Schaffen sie auch ohne Probleme, wenn man sie daran gewöhnt.«

»Hm. Das wäre schon eine Überlegung wert. Wann hat deine Freundin denn wieder Welpen?«

Irene machte eine bedeutsame Pause. »Nun«, begann sie und steckte das Handy in die Tasche, »die Kleine hier ist vom letzten Wurf und war als Erste versprochen. Aber das Ehepaar, das sie haben wollte, konnte sie nicht nehmen, weil der Mann einen Schlaganfall bekommen hat und die beiden erst mal andere Sorgen haben.«

»Dann …« Langsam dämmerte es Bo. »Dann …«

»… ist sie jetzt zu haben, richtig. Sie hätte das richtige Alter, um abgegeben zu werden.«

Bo stieß die Luft aus den aufgeblähten Backen. »Oh mein Gott!«

»Ich glaube, du und deine Freundin, ihr wärt das optimale Zuhause für die Kleine. Und wenn ich mir dieses Café so ansehe, da würde sich ein kleiner Hund echt wohlfühlen. Die liegt auch mal still in ihrem Körbchen, das ist gar kein Problem. Man kann diese Rasse auch als Therapiehund einsetzen, weil sie so menschenfreundlich und aufgeschlossen ist. Sie ist nur nicht gerne allein. Aber ich glaube, das wäre sie kaum.« Irene lachte auf. »Bonita würde sich von so einem Schaffell kaum unterscheiden, wenn sie darauf läge.«

»Bonita?«, fragte Bo mit klopfendem Herzen.

»So hat der Züchter sie genannt. Der ganze Wurf hat Namen, die mit B beginnen. Natürlich könnt ihr sie anders nennen, sie hört noch nicht darauf.«

»Ich kann die Entscheidung für einen Hund unmöglich allein treffen. Das müssen wir beide mittragen«, überlegte Bo laut. »Auf der anderen Seite kann ich Kim nicht mit dem Hund überraschen, wenn ich ihr davon erzähle.«

»Aber ihr habt euch schon darauf festgelegt, euch einen anzuschaffen?«

»Nein, das war noch nie Thema«, sagte Bo ehrlich.

»Oh! Und ich dachte, das wäre schon eine besprochene Sache.«

»Wir sind erst vor Kurzem zusammengezogen.«

»Und dann wollt ihr euch schon einen Hund anschaffen?«

»Unsere Beziehung ist uns beiden sehr ernst«, beeilte sich Bo, zu sagen. »Und ich glaube, Kim hätte gerne einen Hund. Wir sind viel draußen in der Natur und bewegen uns regelmäßig.« Vielleicht nicht ganz so konsequent in letzter Zeit, aber das würde dann wohl zukünftig der Fall sein.

Irene nickte. »Dann krieg irgendwie raus, was sie davon halten würde. So was kann man ja ganz allgemein und unverbindlich mal auf den Tisch bringen. Und hast du nicht erwähnt, dass es noch zwei weitere Personen gibt, die das Café betreiben? Frag auf jeden Fall nach, ob sie sich vorstellen könnten, dass tagsüber ein kleiner Hund da ist.«

»Ja, das muss ich auf jeden Fall.«

»Arbeitest du nachmittags immer hier?«

»Nein, hauptsächlich jetzt in der Vorweihnachtszeit. Ich denke, der Ansturm beruhigt sich im neuen Jahr wieder.«

»Dann könntest du die Welpenschule auf den Nachmittag oder aufs Wochenende legen. Und falls ihr ihn mal irgendwo unterbringen müsst, nehme ich ihn gerne für ein paar Stunden. Bei mir spielt es keine Rolle, ob da ein Hund mehr oder weniger ist.«

Bo wurde nachdenklich. »Danke Irene. Ich muss mir das genau überlegen. Auf ein paar Tage kommt es doch nicht an, oder?«

»Natürlich nicht.« Irene trank aus und wollte zahlen.

»Geht aufs Haus«, sagte Bo. Sie würde das Geld nachher in die Kasse legen. »Danke für Zeit, die du dir genommen hast. Was ist eigentlich aus der Rettungshundeveranstaltung geworden? Dürft ihr nächstes Jahr beim Stadtfest wieder mitmachen?«

»Ja, dürfen wir! Die gesamte Staffel darf auftreten. Zusammen mit der Feuerwehr simulieren wir einen Großbrand. Das wird ein Heidenspektakel, bei dem unsere Hunde so richtig zeigen können, was sie draufhaben.«

»Wow! Das ist ja der Wahnsinn!« Sie drehte den Kopf.

Kim hatte an die Scheibe geklopft. Bo wurde drinnen gebraucht. »Ich muss weitermachen. Tschüss, du! Ich melde mich.«

»Tschüss. Schaffs noch gut!«, sagte Irene und verschwand.

Was für eine unkomplizierte Kollegin. Und wenn sie ihr anbot, im Notfall einzuspringen, konnte man sich sicher darauf verlassen.

Beschwingt ging Bo hinein, zog ihr Handy aus der Tasche und rechnete an einem der Tische ab. Und immer, wenn ihre volle Aufmerksamkeit nicht von Nöten war, überlegte sie, wie man das mit dem Hund am besten organisieren konnte. Sicher wäre es am Anfang ein nicht unerheblicher Aufwand, bis der Hund einmal erzogen war, aber dann konnte es klappen. Sie musste unbedingt mit Erik und Bernd sprechen.

»Wer war das?«, wollte Kim wissen.

»Das? Das war Irene, meine neue Kollegin.«

»Sie muss nett sein. Du schienst ganz aus dem Häuschen.«

Täuschte sich Bo, oder regte sich da in Kim ein Hauch von Eifersucht? Sie grinste. »Das war ich nur wegen dem Hund. Hast du den Border Collie gesehen? Der ist doch süß, oder?«

»Stimmt, das ist er. Auch wenn mir so einer eine Nummer zu große wäre«, sagte Kim und wandte sich wieder der Kaffeemaschine zu.

Zu groß?, dachte Bo. *Du kriegst es gerne eine Nummer kleiner.*

KAPITEL
Achtunddreißig

Kim

Am einundzwanzigsten Dezember, morgens um halb acht, schwebten tatsächlich weiße Flocken vom Himmel.

»Bernd, Erik!«, rief Kim. »Schaut euch das an. Es schneit!«

Alle drei spähten durch die Sprossenfenster des Cafés hinaus. Die Flocken wurden dicker, blieben sogar liegen.

»Ich glaub's ja nicht«, raunte Kim. »Das hat die Wetter-App gar nicht vorhergesagt.«

»Leute, es wird Weihnachten! Auch bei uns«, sagte Bernd andächtig. »Ich liebe Schnee. Erik hat mir versprochen, dass wir zwischen den Jahren ins Allgäu fahren.«

»Den Weg könnt ihr euch sparen, wenn es so weitergeht«, scherzte Kim.

»Stellt euch vor, an Heiligabend liegt hier Schnee. Das wäre echt der Wahnsinn!«, sagte Erik.

»Na ja. Die Chance auf Schnee an Heiligabend ist mittlerweile so hoch wie an Ostern, würde ich sagen«, bemerkte Kim trocken. »Aber macht nichts. Wir zünden den Kanonenofen an und schauen auf unseren prächtigen Baum hinaus. Da ist es egal, wie das Wetter wird. Außerdem kann es auch romantisch sein, zuzusehen, wie Regentropfen die Scheiben runterlaufen. Hier ist es trotzdem schöner als anderswo.«

Sie sahen sich an und nickten zustimmend. Keiner von ihnen hatte Lust, woanders zu sein.

»Nach der Gans mit Knödeln und Rotkohl gibt es Kuchen, Plätzchen und Glühwein«, sagte Bernd lächelnd. »Der Gedanke gefällt mir. Das ganze Jahr über haben wir andere bedient. Jetzt machen wir alles nur für uns.«

»Und für deine Schwester«, erinnerte ihn Erik und fügte an Kim gewandt hinzu: »Die kommt nämlich auch. Heiligabend feiert sie immer mit uns. Das macht dir doch nichts aus, oder?«

»Natürlich nicht. Je mehr, desto schöner. Bringen wir die Geschenke mit hierher? Machen wir hier Bescherung?«

»Natürlich!« Das stand für beide außer Frage. Dort, wo der Baum stand, wurde auch beschert.

Nun gut, sie würde das kleinste Päckchen zu schleppen haben. Bos Ring war ein Meisterstück geworden. Sie hatte nicht bemerkt, dass einer ihrer Ringe für einen Tag gefehlt hatte. Der Juwelier hatte Maß genommen, und innerhalb von fünf Tagen war der Ring fertig gewesen. Er glich ihrem eigenen, wenn er auch nicht ganz identisch war. Das war gewollt. Und doch konnte jeder auf den ersten Blick erkennen: Die beiden gehörten zusammen. Es würde ein Leichtes für sie sein, das kleine Päckchen in der Tasche verschwinden zu lassen. Ob Bo ihr wohl auch etwas schenkte? Und was? Kim war zum ersten Mal seit vielen Jahren wieder richtig gespannt auf Weihnachten.

Auch die restliche Planung nahm in den nächsten Stunden Gestalt an. Sie begeisterten sich immer mehr für ihre Ideen, während sie Brötchen aus dem Ofen holten, Brot hineinschoben, Cremes vorbereiteten, Biskuit backten und Mürbteige aller Art herstellten. Jeder wusste, was seine Aufgabe war, und sie arbeiteten Hand in Hand. Effektiv, aber nicht gestresst.

Um kurz vor acht öffnete Kim den Laden, etwas früher als

sonst, weil draußen schon ein ganz eiliger Kunde stand. Sie kannte ihn schon.

»Na, heute früher dran?«, fragte Kim gut gelaunt.

Er entschied sich für eine üppig belegte Körnerstange mit einem Aufstrich aus getrockneten Tomaten, darauf veganer Käse, Mayonnaise, Salat und Gurkenscheibchen. Davon konnte man echt satt werden.

Zur Mittagszeit gingen Kim und Bernd zusammen auf den Marktplatz und beobachteten eine Zeit lang gemeinsam, wie die Mitarbeiter der Stadtreinigung die Holzstände wieder abbauten. Das Treiben der letzten Wochen hatte nun wieder ein Ende. Der Marktplatz erschien größer denn je und wirkte schrecklich leer. Die dünne Schicht Schnee war durch die vielen Füße zu Matsch geworden. Die Straßenkehrmaschinen räumten den Rest an Flocken zusammen mit dem weggeworfenen Müll vom Platz. Der Weihnachtsmarkt war vorüber, und mit dem Gefühl, den weihnachtlichen Glanz so lange wie möglich aufrechtzuerhalten, kehrten sie in die Patisserie zurück.

Erik empfing sie ganz aufgeregt. »Meine Mutter hat gerade angerufen, und ...« Er brach ab, sah Kim bittend an. »Sie kommt auch morgen. Also, wenn es dich und Bo nicht stört«, schob er rasch hinterher. Natürlich wusste Kim, dass er ihr schon zugesagt hatte.

»Deine Mutter?«, wunderte sie sich. »War nicht sie es, die sich bis zuletzt dagegengestemmt hat, dass ihr euch mit einer Patisserie selbstständig macht?«

»Ja, genau.« Eriks Blick sprach Bände. Sicher war es für ihn keine leichte Entscheidung gewesen, sie einzuladen. »Mein Vater ist gerade im Krankenhaus, und dann wäre sie Heiligabend allein. Sie hat mich gerade gefragt, was wir so machen, und da habe ich ihr in den schönsten Farben von unseren Plänen berichtet. Und da hat sie doch tatsächlich gefragt, ob sie nicht auch kommen darf.«

»Ach«, sagte Bernd.

»Oha. Dann hat sie aber eine echte Kehrtwende hingelegt«, spottete Kim.

»Hat nicht jeder ein Recht, zu reifen?«, fragte Erik und sah sie beide flehentlich an. Es war klar, dass er eine einsame Mutter an Weihnachten nicht mit seinem Gewissen vereinbaren konnte. Aber ausgerechnet die, die sich am meisten gegen die Pläne ihres Sohnes gewehrt hatte? Und nun durfte sie dieses wunderschöne Ambiente hier auskosten? Das fühlte sich ungerecht an.

Aber: Hatte nicht jeder ein Recht, zu reifen? Das Echo dieses Satzes traf etwas in ihr. Da musste sie mal in Ruhe drüber nachdenken.

»Ich hoffe, sie zeigt sich dann von ihrer besten Seite. Ich habe keine Lust auf irgendwelche bissigen Bemerkungen an Heiligabend.«

»Nein, nein. Sie hat bemerkt, dass mir die Entscheidung, sie einzuladen, nicht leichtgefallen ist.« Erik warf sich wichtig in die Brust.

Kim lächelte darüber. *Dein Wort in Gottes Ohr!*

KAPITEL
Neununddreißig

Kim

An den letzten beiden Tagen vor Weihnachten wirkten die Gäste des Cafés abgehetzt und genervt. Sogar die Stammgäste hatten nicht mehr viel Zeit, mussten noch ganz dringend Besorgungen erledigen, denn bei allen fehlten noch Geschenke. Die Atmosphäre in der Patisserie veränderte sich, nicht zuletzt deswegen, weil die Menschen ungewöhnlich unhöflich waren.

Aber Bernd winkte ab. »Das ist ganz normal. Die meisten sind kurz vor Weihnachten mit den Nerven am Ende. Ist ein alljährliches Phänomen. Davon müssen wir uns nicht beeinflussen lassen.« Er grinste. »Hast du schon alle Geschenke zusammen?«

»Ich habe nur eines«, sagte Kim. Das war gelogen, denn sie hatte für Bernd und Erik auch etwas besorgt: silberne Krawattennadeln. Die waren mit ihrer schlichten Eleganz der absolute Eyecatcher. Kim war sich sicher, den Geschmack der beiden getroffen zu haben.

Sie sehnte sich mehr denn je nach dem gemeinsamen Heiligen Abend und der Ruhe, die er mit sich bringen würde.

Danach hatte sie zwei freie Tage, die sie mit Bo zu Hause auf dem Sofa verbringen wollte. Bo hatte sogar noch länger frei, wie sie ihr heute Morgen beim Frühstück erzählt hatte. Sie musste erst wieder an Sylvester arbeiten. Kim hatte sich darüber gewundert, dass Bo, ohne sie zu fragen, Urlaub genommen hatte. Bisher hatten sie jeden freien Tag gemeinsam verplant.

Dann war es endlich so weit. Am Vierundzwanzigsten war die Patisserie nur bis zwölf Uhr geöffnet. Es reichte, um sich über die Feiertage noch mit glutenfreien Leckereien einzudecken. Was Kim verblüffte, war die Menge an Geschenken, mit denen sie bedacht wurden. Nicht nur die Großkunden und Lieferanten überhäuften sie mit Wein- und Sektflaschen, auch Gäste kamen noch einmal vorbei und brachten kleine Aufmerksamkeiten. Kim und die Jungs waren gerührt. Es gab sie also doch noch, diese Anerkennung und Dankbarkeit für ihre Arbeit hier.

Um zwölf drehte Kim das Türschild von »offen« auf »geschlossen« und verschwand in der Backstube. Es war Zeit, die Gans ins Salzwasser zu legen. Erst in drei Stunden würde sie sie füllen und in den Ofen schieben, zuerst bei hoher Gradzahl und dann im Niedriggarverfahren.

Im Hintergrund lief bereits ihre Lieblings-Weihnachts-Jazz-CD. Erik und Bernd hatten sie eingelegt und machten sich nun daran, die Tische zu einer langen Tafel zusammenzustellen und die Tischdekoration vorzubereiten. Sie wären also zu sechst.

»Die Gans ist übrigens von der schwäbischen Alb«, sagte Erik. »Wenigstens stammt sie aus artgerechter Tierhaltung und hatte ein glückliches Leben.«

»Gut. Ich hätte auf keinen Fall eine aus Polen oder dem Baltikum gewollt.«

»Nein, nein. Unsere kommt aus der Gegend um Münsingen. Die haben das ganze Jahr Auslauf, und am Martinstag schlachtet der Bauer die ganze Herde. Oh Gott, ich darf da gar nicht dran denken. Das Gemeine ist, ich mag Geflügel sehr. Aber wenn ich das arme Ding selbst schlachten müsste … Das könnte ich niemals.«

»Musst du auch nicht. Da gibt es Leute, die kriegen das hin, ohne selbst Schaden zu nehmen.«

Sie sahen sich an und Kim musste plötzlich losprusten vor Lachen. »Entschuldige«, sagte sie sofort. »Ich habe sie jetzt für ein paar Stunden ins Salzwasser eingelegt, das macht das Fleisch zarter, und dann fülle ich sie mit Maronen. Den Rotkohl mache ich auch schon, der muss durchziehen. Was machen eure Knödel?«

»Sind so gut wie fertig. Der Nachtisch ist ebenfalls in Planung.«

»Was gibt es denn?«, hakte Kim nach.

»Wird nicht verraten.«

»Na gut. Irgendwas mit Eis? Ich mag Eis.«

»Wie gesagt, wird nicht verraten. Brauchst du noch lange mit dem Rotkohl?«

»Eine halbe Stunde schon noch. Dann gehe ich nach Hause und ziehe mich um, bevor ich weitermache.«

»Das passt. Dann haben wir die Backstube für uns.« Die beiden grinsten sich an.

»Wann kommt eigentlich Bo?«, wollte Erik wissen.

»Nach dem Dienst, etwas später vielleicht. Kann sein, dass sie noch einen Powernap macht, bevor sie aufschlägt. Sonst pennt sie uns noch beim Essen ein.«

Es verging dann doch noch eine Stunde, bis Kim sich auf ihr Fahrrad schwang und nach Hause radelte. Bo würde noch nicht da sein, also konnte sie in aller Ruhe duschen und sich umziehen. Sie brauchte nichts mitzubringen. Wein und Sekt gab es in der Patisserie zuhauf, und ihre kleinen Geschenke passten in die Jackentasche. Schneeregen hatte eingesetzt und verwandelte die Straßen und Gehwege in rutschige Matschflächen. Egal. Bis sie in die Patisserie zurückkehrte, hätten die beiden sicher schon den Kanonenofen angezündet. Ungeduldig sah sie auf die Uhr. Wo blieb Bo? Auf ihrem Handy war keine Nachricht. Musste sie so lange arbeiten? Kim hoffte inständig, dass Bo nicht zu denen gehörte, die in letzter Minute noch panisch durch die Stadt rannten auf der Suche nach einem Geschenk. Dann würde sie lieber darauf verzichten, als nachher einer völlig ausgepumpten Bo gegenüberzusitzen. Aber vielleicht würde sie auch gegenüber Eriks Mutter sitzen. Oh nein, das musste sie sich nicht antun! Bitte keine älteren Herrschaften, die alles besser wussten. Sie nahm sich vor, weit weg von ihr Platz zu nehmen.

Als Bo endlich kam, machte sie glücklicherweise einen ganz ausgeglichenen Eindruck. Nein, sie war nicht im Einkaufsrummel hängen geblieben.

»Gut, dass du da bist. Dann muss ich dir keinen Zettel schreiben«, sagte Kim. »Ich muss jetzt los. Kommst du dann auch gleich, oder legst du dich noch kurz hin?« Kim schlüpfte in ihre wetterfeste Jacke.

»Du gehst echt schon?«

»Ich bin doch für die Gans zuständig.«

»Mein Magen knurrt schon, wenn ich das Wort Gans nur höre.« Bo zog Schuhe und Jacke aus und küsste sie flüchtig.

»Ein paar Stunden musst du dich noch gedulden. Aber bei allzu großem Hunger bekommst du sicher vorab einen Gruß aus der Küche. Oder soll ich auf dich warten?«

»Nein, ich brauche noch eine Weile. Wann muss ich da sein?«

»So gegen sieben haben wir ins Auge gefasst.«

»Bis dann!«, sagte Bo. Es klang sehr fröhlich.

KAPITEL Vierzig

Kim

Als Kim die Patisserie betrat, verschlug es ihr fast den Atem. Sie war ja schon einiges gewohnt, was die Dekorationstalente ihrer Geschäftspartner anging, aber an einer so festlichen Tafel hatte sie noch nie gesessen. In der Mitte stand ein Kerzenleuchter auf einem gold-schwarzen Tischläufer. Passende Tischsets wiesen sechs Plätze aus. Die Servietten waren kunstvoll gefaltet, das Besteck poliert. Neben Messern, Gabeln, kleinen Löffeln und Dessertgabeln lagen da auch große Löffel für die Suppe. Gab es eine Suppe? War das ausgemacht? Überall auf dem Tisch waren goldene Sterne verteilt.

»Das möchte ich jetzt jedes Jahr so«, sagte Kim, nachdem die beiden ihr Kommen bemerkt hatten und sie erwartungsvoll ansahen. »Es sieht umwerfend aus.«

»Wir haben uns echt angestrengt«, gab Erik zu.

Weihnachtsmusik lief im Hintergrund, und Kim setzte sich für einen Augenblick, nicht fähig, irgendetwas anderes zu tun, als zu staunen.

»Freut uns, dass es dir gefällt. Wann kommt Bo?«

»Kurz vor dem Essen, würde ich sagen. Sie wird sich bestimmt noch eine Weile aufs Ohr hauen.«

»Um halb sieben gehe ich Eriks Mutter und seine Schwester abholen. Wir haben uns gedacht, wir reichen erst einmal einen Aperitif, so zum Kennenlernen.«

»Ja, das wäre gut.« Beim Gedanken an die anderen Gäste riss sich Kim von dem Anblick los. »Dann kümmere ich mich jetzt mal um das Essen.« Sie zog sich eine Schürze über und heizte den Ofen an. Bis der die Gradzahl erreicht hatte, füllte sie die Gans mit einer Masse aus Äpfeln, einer Orange, Maronen, allerlei Kräutern und Gewürzen und verschloss die Öffnung mit Zahnstochern. Für eine Stunde würde die Gans im Bräter in recht hoher Hitze schmoren. Jetzt hatte sie Zeit für den Rotkohl, den seit heute Morgen schon gehobelt hatte. Sie salzte ihn gründlich, knetete ihn etwas, um ihn mürbe zu machen, versah ihn mit ein paar Lorbeerblättern, Wacholder, Piment und Nelken und stellte das Ganze bei mittlerer Hitze auf den Herd. Sie entdeckte eine Schüssel mit liebevoll geformten Kartoffelknödeln. Kim lief das Wasser im Mund zusammen. Die mochte sie noch lieber als Semmelknödel. Natürlich verlange das nach einer guten Soße! Wo waren eigentlich die vielen Rotweinflaschen? Sie sah sich um, fand sie, entschied sich für einen vollen Wein bester Preisklasse. Denn nur ein guter Wein machte eine gute Soße. Es machte Spaß, für eine größere Gruppe zu kochen und sich gemeinsam am Essen zu freuen. Vielleicht hatten die Jungs wirklich Lust, das zu einer Tradition werden zu lassen. Ein freudiger Gedanke!

Nach einer Stunde kam die Gans aus dem Bräter und wurde bei reduzierter Temperatur für die nächsten zwei Stunden direkt auf den Rost gelegt. So verlor die Gans noch etwas von ihrem Fett, blieb aber trotzdem saftig und zart. Nachdem sie den Rotkohl auch nur noch bei Niedrigtemperatur weitergarte, schaute sie sich nach neuen Aufgaben um. Es war noch nicht einmal fünf Uhr.

»Sollen wir noch eine Runde spazieren gehen«, wollte sie

fragen, als sie aus der Backstube trat, doch sie blieb stumm stehen. Auch die Jungs sahen nach draußen. Der Schneeregen war in Schnee übergegangen. Dicke, volle Flocken schwebten vom Himmel und blieben liegen. Der graue Matsch verwandelte sich in eine Schicht aus Puderzucker, die Dächer wie Straßen dekorierte. Das Weiß reflektierte die Lichter der Straße, die Laternen und die Sterne im Fenster.

»Das ist ja der Wahnsinn!«, rief Kim erfreut aus. »Ich fass es nicht! Es schneit dicke Flocken und ihr sagt mir nichts.«

»Das wird schwierig auf den Straßen«, war Bernds Kommentar dazu. »Hoffentlich sind die Streufahrzeuge schon ausgerückt.«

Kim wunderte sich. Was kümmerten sich die beiden um die Straßenverhältnisse?

»Wohnt deine Mutter nicht ganz in der Nähe?«, fragte sie irritiert.

Bernd räusperte sich. »Ja, äh, schon. Aber meine Schwester … meine Schwester nicht.«

»Ist die nicht schon bei deiner Mutter?«

»Nein, sie ist auf dem Weg dorthin«, mischte Erik sich ein.

»Meinst du, sie verspäten sich?«, fragte Kim sofort. Dann müsste sie die Temperatur für die Gans weiter reduzieren.

»Ich hoffe nicht. Warten wir mal ab. Aber eine Runde spazieren wäre jetzt kein Fehler. Wollen wir?«

Sie schlossen ab und gingen ihre gewohnte Runde über den Marktplatz und durch die Innenstadt. Alles war wie ausgestorben. Parkplätze gab es in Hülle und Fülle, was Seltenheitswert hatte.

»Und wenn Bo jetzt gerade kommt, wenn wir weg sind?«, fiel Kim siedend heiß ein. »Sie hat keinen eigenen Schlüssel.«

Bernd winkte an. »Die kommt nicht so früh.«

»Woher weißt du das?«

»Sie hat mir gerade geschrieben. Sie kommt nicht vor sieben Uhr.«

»Sie hat dir geschrieben?«, fragte Kim. Hatte sie nicht zu ihr gesagt, sie käme auch bald? Wie im Reflex zog sie ihr

Handy aus der Tasche und checkte ihre Nachrichten. Ihr hatte Bo nicht geschrieben. Keine einzige Nachricht. Das war merkwürdig.

Erik bemerkte ihre Irritation. »Wundere dich mal nicht. Es ist schließlich Heiligabend. Komm jetzt!«

»Was auch immer ihr vorhabt.« Kim gab es auf, nach einer Erklärung zu suchen. Ihre Schritte hinterließen Spuren im Schnee. Es war so friedlich. Jetzt hätte sie gerne Bos Hand gehalten. Wo sie wohl war?

Hinter einigen Fensterscheiben sah man Menschen hantieren, Bäume schmücken, Tische decken. Alle bereiteten sich auf das Fest vor. Um sechs waren sie zurück, heizten noch einmal den Kanonenofen an und Kim checkte, wie weit das Essen war. Sie begoss die Gans, schmeckte den Rotkohl ab.

»Können wir jetzt die Knödel sieden?«, fragte Bernd. »Zur Not kann man die ja im Backofen warmhalten, falls sich jemand verspäten sollte.«

Kim nickte.

»Dann hol ich mal den Rest der Verwandtschaft«, verkündete Erik und verschwand. Er wirkte etwas nervös. Kein Wunder.

»Dann kümmern wir uns mal um den Aperitif, was?«, sagte sie zu Bernd.

KAPITEL Einundvierzig

Kim

»GUTEN ABEND!«, sagte die alte Dame höflich zu Kim. »Ich bin Hannelore, Eriks Mutter. Aber das wissen Sie ja bestimmt schon.«

Sie lächelte überraschend herzlich, und für einen Moment konnte Kim sich gar nicht vorstellen, dass ausgerechnet sie sich so sehr gegen die Pläne ihres Sohnes gestemmt hatte. *Ich weiß noch ganz andere Dinge über Sie,* drängte es sich Kim auf. Sie sah in ein Gesicht, das mit feinen Falten durchzogen war, in helle Augen, die ganz wunderbar zu dem grauen Haar passten, das sie mit Würde trug. Kim erwiderte ihr Lächeln mit etwas aufgesetzter Herzlichkeit. Bei Eriks Schwester fiel ihr die Begrüßung leichter. Sie war ihr sofort sympathisch mit ihrem roten Haar.

Apropos rotes Haar: Wo war eigentlich Bo? Warum musste sie die Letzte sein? So langsam wurde Kim ärgerlich. Erik und Bernd nahmen es jedoch ganz entspannt.

»Trinken wir doch schon mal einen Sekt«, schlug Bernd vor.

Es war ein Understatement. Im Gefrierfach wartete eine

Flasche Champagner darauf, dass man ihren Inhalt über Johannisbeersaft und frische Beeren goss, die sie bereits in die Sektflöten verteilt hatten.

»Sollen wir nicht warten, bis Bo …«

Bernd winkte ab. »Wir können ruhig schon anstoßen und anfangen. Bo möchte nicht, dass wir auf sie warten. Sie kann nicht genau sagen, wann sie hier sein wird.«

Kim holte tief Luft und versuchte, sich nicht darüber zu ärgern. Sie trug gute Miene zur Schau und reichte die Gläser weiter, deren schäumender Inhalt zum sofortigen Genuss einlud.

»Auf Weihnachten«, sagte Bernd festlich. »Auf einen wunderschönen gemeinsamen Heiligabend. Es freut mich, mit euch allen an dem Ort zu feiern, der uns sehr, sehr viel bedeutet – unsere Patisserie!«

Alle stießen an und Kim fand es bedauerlich, dass Bo nicht von Anfang an dabei sein konnte. Sie gehörte doch auch zum Team. Sie leerten die Gläser, alle waren auffällig fröhlich. Niemand störte sich an Bos Verspätung. So langsam überkam Kim der Verdacht, dass die anderen etwas wussten, was man ihr verheimlichte. Was um Himmels willen brüteten die alle zusammen aus?

»Wir können anfangen«, sagte Bernd mit einem verstohlenen Blick auf sein Handy. Er tauschte einen kurzen Blick mit Erik, bevor er sich an sie wandte. »Dann geh ich jetzt mal in die Küche und hole die Suppe. Kommst du mit, Kim?« Plötzlich schien er es eilig zu haben.

»Ja«, sagte Kim automatisch, erhob sich und folgte ihm.

Bernd stellte die angewärmten Suppenteller auf die Arbeitsfläche. Kim schöpfte jedem zwei Kellen voll hinein. Das Ganze wurde mit einem Klacks Crème fraîche, einem Zweiglein Thymian und ein paar Maronenbröseln versehen.

»Dann bringe ich die gleich mal raus. Ich komme gleich wieder.«

Er kehrte umgehend zurück. Ein Strahlen lag auf seinem Gesicht.

»Bo ist da!«, verkündete er.

»Schön, dann beginnen wir doch wenigstens gemeinsam mit dem Essen«, entschlüpfte es Kim trocken. Sie nahm drei Teller an sich und trat aus der Backstube.

Sie sah, wie Bo einen nach dem anderen in die Arme schloss. Sie trug ihr Haar nur locker zusammengebunden, und es erschien Kim noch etwas nass, als hätte sie kaum Zeit zum Föhnen gehabt. Sie wünschte allen frohe Weihnachten. Kim stellte die restlichen Suppenteller auf die jeweiligen Plätze, erntete anerkennende Bemerkungen wie: »Oh, das sieht lecker aus«, und: »Ach, wie das duftet!«

Sie war die Letzte, die von Bo begrüßt wurde. Ihre Wangen waren gerötet, in ihren Augen lag etwas, das Kim etwas unheimlich war: eine Mischung aus Schalk und freudiger Erwartung.

»Es war ein bisschen schwierig durchzukommen. Beim ersten Schnee gibt es immer gleich Stau«, sagte Bo zur Entschuldigung und nahm Platz. »Aber sieht es nicht wunderschön aus? Wer hätte gedacht, dass wir weiße Weihnachten bekommen?«

Alle pflichteten ihr bei, hoben die Gläser und prosteten ihr zu, während Kim sich fragte, wo ihre Liebste ein Problem mit dem Verkehr gehabt hatte. Alle anderen schienen es bereits zu wissen und zeigten sich amüsiert. Kim sah sich irritiert um. Nichts im Raum hatte sich verändert, nichts wies darauf hin, dass Bo sie mit irgendetwas überraschen wollte.

»So, und nun esst!«, entschied Bernd. »Einen guten Appetit!«

»Hm!«, machte Lilli, Eriks Schwester. »Was ist das? Schmeckt ausgezeichnet.«

»Cremige Maronensuppe«, klärte Erik sie auf. »Ein ganz einfaches Rezept.«

Sie schmeckte köstlich. Durch die aufgeschlagene Mandelcreme war die Suppe herrlich sämig und hatte den richtigen Hauch von Knoblauch und Thymian. Ein leckerer Appetitanreger, auch wenn sie das gar nicht nötig hatten. Sie alle hatten jetzt richtig Kohldampf.

»Möchte jemand einen Nachschlag?«, fragte Erik und sah sich um.

Alle lehnte höflich ab. »Sie war sehr gut, aber ich möchte mir den Hunger auf die Gans nicht verderben«, brachte es Eriks Mutter auf den Punkt. Sie war ausgesprochen galant, und Kim konnte sich kaum vorstellen, dass sie auch abweisend sein konnte. Und doch hatte sie sich geweigert, ihrem Sohn bei der Finanzierung unter die Arme zu greifen. Also hatten sich die beiden an die hiesige Bank gewandt und um einen Kredit gebeten.

»Seit Tagen freue ich mich auf das Essen«, gestand Bo. Sie lachte auf und warf Kim einen so zärtlichen Blick zu, dass ihr warm wurde.

»Okay. Dann auf zum zweiten Gang.« Bernd warf ihr einen auffordernden Blick zu, und wieder verschwanden sie in der Küche.

In gewohnt guter Teamarbeit legte Bernd auf jeden aufgewärmten Teller einen Knödel und kleckste eine gute Portion Kraut daneben, während Kim die Gans tranchierte, ein schönes Stück auf jedem Teller drapierte und etwas Bratensoße darübergoss. Den Rest der Soße füllt sie in eine Sauciere.

»Die stellen wir auf den Tisch, dann kann sich jeder nachgießen, wie er mag«, entschied sie.

Als sie aus der Küche trat, wunderte sie sich darüber, dass alle rasch ihren Blick abwandten und demonstrativ nach draußen sahen. Irgendetwas war in diesem Raum, von dem sie nichts wusste. Kim äugte in Richtung des kleinen Personaltisches, doch da lag nur Bos Jacke, achtlos hingeworfen. Mehr war da nicht.

Der Hauptgang weckte Begeisterung.

»Lasst es euch schmecken«, sagte Kim stolz. Sie hatte schon beim Abschmecken gemerkt, dass es ihr ausgesprochen gut gelungen war.

»Ein Gedicht«, hauchte Hannelore, und Kim war sie sofort sympathischer.

Auch Bos Gesicht sprach Bände. »Ich liebe Frauen, die kochen können«, sagte sie und grinste. »Ich glaube, das war die beste Idee, die man haben konnte, hier ein Gans-Essen zu veranstalten.«

»Wem haben wir das zu verdanken?«

»Erika und Lena«, antwortete Bernd. »Zwei junge Mütter, die hier zu Gast waren. Sie haben erzählt, dass sie an Weihnachten zum Gans-Essen bei ihrer Mutter eingeladen waren. Und das wollten wir auch.« Er erwähnte mit keinem Wort, dass das Kind ein Produkt seiner Samenspende war. Das ging auch niemanden etwas an, außer die Eltern und den engsten Kreis der Bekannten. Kim war dankbar für die Tatsache, dass sie dazugehörte.

Sie lachten darüber, und Lilli sagte spontan: »Das könnten wir jedes Jahr machen!« Damit sprach sie Kim aus der Seele.

»Wer möchte noch Knödel und Rotkohl?«, fragte Bernd. »Ihr müsst ordentlich essen, damit hier nichts übrig bleibt.«

»Bring doch alles raus«, schlug Kim vor. »Stellen wir es auf den Tisch.«

Es schien Bernds Sinn für Ästhetik zu widersprechen, aber er nickte letztendlich.

Als er aufstand, hatte Kim freien Blick auf die Stelle, wo Bos Jacke lag, und sie hätte schwören können, dass sie sich bewegte. Sie beobachtete irritiert, wie die Bewegung zunahm, als würde das Schaffell darunter zum Leben erwachen. Völlig spooky!

Bo musste ihren erschrockenen Blick bemerkt haben, denn Kim hörte sie sagen: »Oh! Ich glaube, wir müssen die Bescherung vorverlegen.«

Alle sahen jetzt dorthin, wo ein kleines felliges Etwas sich unter Bos Jacke hervor kämpfte. Es geschah lautlos, und dann sprang es zu Boden und kam auf sie zu. Kim starrte es an. Ein Hund!

Zu ihrer Verblüffung sprang er zu Bo, die ihn auf den Schoß hob. »Ja, bist du aufgewacht, meine Kleine?«

Erik kam dazu, und Bernd stellte zwei Schüsseln auf dem Tisch ab. Kim hörte ihn sagen: »So ein entzückender kleiner Schatz!«

Bo sah sie an mit einem Gesichtsausdruck, den Kim schon kannte. Sie sah aus wie damals, als sie sie in der Mitarbeiterumkleide geküsst hatte. Einfach so.

»Das ist Bonita«, sagte sie mit einem unsicheren Lächeln.

Kim starrte auf das fellige Knäuel mit den dunklen Augen. »Das ist jetzt nicht dein Ernst, oder?«

Bos Miene erstarrte. »Aber du magst doch Hunde.«

»So einen Bobbel?«

Alle lachten plötzlich. *Was gibt es da zu lachen?*

Erik sagte: »Bobbel geht natürlich auch. Das ist was mit B. Da sind wir noch gar nicht drauf gekommen.«

Alle wusste also Bescheid, ging Kim auf. Sie alle waren eingeweiht gewesen bei der Anschaffung dieses Hundes.

»Was ist das für ein Hund?«, fragte Kim.

»Ein Bichon Frisé«, sagte Bo. »Die sind ganz einfach zu halten, auch für Anfänger.« Ihre Stimme klang beinahe flehend.

Erik und Bernd streichelten das kleine Fellknäuel, das jetzt zu bellen anfing. Ein zaghaftes, helles Bellen. Sofort mutierten sie zu Glucken. »Ei, so ein lieber kleiner Bobbel.« Lilli und Hannelore zeigten sich nicht weniger entzückt. Alle standen um Kim herum. Die Tischordnung war aufgelöst, das Essen zur Nebensache geworden.

Bo nahm den kleinen Hund und setzte ihn auf Kims Schoß. Er schnüffelte aufgeregt, wollte an ihr hochkrabbeln, also legte Kim die Hände an seine Seiten, um ihn zu stabilisieren. Wie zart sein Fell war. Jetzt schlabberte seine Zunge über ihren Hals, als hätte er das schon immer so gemacht. Dann sprang er von ihrem Schoß und schnüffelte sich durchs Café.

»Sie ist ein Mädchen«, sagte Bo. »Bonita. Aber wir können sie auch gerne Bobbel nennen.«

»Ja, Bobbel«, sagte Erik. »Bobbel passt ganz ausgezeichnet. Wo ist denn das liebe Bobbelchen?« Er sprang dem Hündchen hinterher.

Kim und Bo sahen sich an.

»Ein Hund«, sagte Kim wieder, diesmal mit viel wärmerer Stimme. »Meinst du, das klappt hier?«

»Ja«, versicherte Bo augenblicklich und zählte alle Charaktereigenschaften auf, die die Rasse ausmachten. »Und wenn sie regelmäßigen Auslauf haben, sind sie drinnen ruhig. Es sind gesellige Hunde.«

Kim nickte. Ab jetzt war sie also Hundemama.

»Was für ein entzückendes Hündchen«, sagte Hannelore, stand nun auch auf und ging ihm hinterher. Alle stoben auf einmal durch das Café und spielten mit dem kleinen Fellknäuel.

»Waren wir fertig mit dem Essen?«, wunderte sich Kim.

»Lass stehen, wir essen gleich weiter«, winkte Bernd ab.

»Ist das okay für dich?«, fragte Bo nun ganz offen, als sie beide am Tisch zurückgeblieben waren.

»Ja«, sagte Kim. Natürlich wäre sie lieber von Anfang an in die Entscheidung involviert gewesen, aber so war es auch okay.

»Bonita, äh, ich meine, Bobbel war eigentlich schon einem anderen Paar versprochen, aber dann hat der Mann einen Schlaganfall bekommen, und sie konnten sie nicht mehr nehmen. Deshalb hatte ich die einmalige Chance und dachte mir …«

»Schon gut. Ich hätte sie auch genommen. Jetzt haben wir also einen Hund«, sagte Kim und sah Bo kopfschüttelnd an.

Die legte nach. »Jetzt, wo doch alles zwischen uns geklärt ist, können wir auch gemeinsame Verantwortung übernehmen.«

Kim nickte. Damit hatte Bo natürlich recht. Wobei sie beim Thema waren. »Und wenn ich jetzt schon mein Geschenk bekommen habe, sollst du auch nicht länger auf deins warten müssen.« Sie stand auf, ging zu ihrer Tasche und brachte ein kleines Päckchen zum Vorschein.

Bos Augen wurden groß. Kleine Päckchen waren immer vielversprechend. Sie öffnete es rasch.

»Oh, Kim!«, hauchte sie und steckte sich den Ring an den Finger. Der richtige Zeitpunkt, dass auch Kim ihren aus der Tasche zog.

»Sie sind sich ähnlich und doch nicht identisch«, sagte sie, als sie ihre Hände andächtig nebeneinanderlegten.

»Wunderschön«, murmelte Bo. »Wie bist du denn auf die Idee gekommen, mir einen Ring zu schenken?«

Kim blieb die Antwort schuldig, denn Erik unterbrach ihr Gespräch.

»Hier gibt es schon Bescherung?«, rief er, als er mit Bobbel auf dem Arm zu ihnen stieß. »Freust du dich, Kim?«, wollte er wissen. »Die Kleine ist so was von süß! Und sie passt doch hierher wie die Faust aufs Auge, findest du nicht?«

»Ja«, blieb Kim nur noch übrig zu sagen. »Das habt ihr euch wunderbar ausgedacht.«

»Möchte eigentlich noch jemand etwas essen?«, fragte Bernd.

Ja, wollten sie. Sie nahmen alle wieder Platz, aßen zu Ende, nahmen sich noch, so viel sie konnten. Trotzdem blieb von den Beilagen noch etwas übrig.

KAPITEL
Zweiundvierzig

Kim

So turbulent hätte sich Kim den Heiligabend nicht vorgestellt. Aber auch nicht so lustig. Im Vorfeld hatte sich Kim Gedanken gemacht, mit welchen Gesellschaftsspielen sie sich die Zeit vertreiben könnten, doch das war nun unnötig. Alles dreht sich um den Hund.

Sie hatten sogar vergessen, eine neue Weihnachts-CD einzulegen, nachdem die erste zu Ende gelaufen war. Bo und Kim räumten den Tisch ab und gingen spülen. Bernd und Erik überlegten lautstark, wo Bobbels Körbchen zukünftig stehen sollte. Jedes Für und Wider wurde besprochen, und die beiden Frauen beteiligten sich rege an der Standortfindung. Eriks Mutter zeigte sich von allem begeistert, was ihr Sohn und sein Partner auf die Beine gestellt hatten, und Kim konnte sich gut vorstellen, dass der Kredit auf der Bank bald wieder getilgt sein würde. Hannelore versicherte ihnen mehrfach, dass ihre Bedenken nur ihrem Alter und der Vorsicht einer gebeutelten Kriegsgeneration geschuldet gewesen waren.

Jeder hat das Recht, zu reifen, kam Kim wieder in den Sinn.

Und als sie es dachte, sah sie aus dem Fenster und glaubte, ihren Augen nicht zu trauen. Da spazierte ihr Vater draußen auf der Straße vorbei. Das konnte unmöglich ein Zufall sein!

Sie rannte zur Tür und riss sie auf. »Was machst du denn hier?«

»Ah, Kim!« Er schien überrascht und unangenehm berührt. »Ich mache einen kleinen Spaziergang, so nach dem Essen. Ich wusste gar nicht, dass euer Café noch offen hat.«

»Hat es nicht. Das ist eine reine Privatveranstaltung.«

»Es hat geschneit«, sagte ihr Vater völlig zusammenhanglos, als hätte sie das selbst nicht bemerkt. »Ich wollte nur mal gucken, wie der Marktplatz jetzt aussieht, ob sie alles wieder sauber gemacht haben, jetzt wo die Stände doch abgebaut sind.«

Ach, und da bist du rein zufällig an meinem Café vorbeigekommen?

»Ich kann dir noch einen Glühwein anbieten«, schlug Kim vor. »Mit dem Essen sind wir schon fertig.«

»Nein, danke«, sagte er sofort. »Ich möchte nicht stören. Ich wollte nur etwas frische Luft schnappen.«

Wer's glaubt! »Komm rein jetzt!«, sagte Kim, und ihr Tonfall ließ nichts anderes mehr zu.

Er folgte ihr nur widerstrebend. »Das wäre jetzt nicht nötig gewesen. Ich möchte die Veranstaltung nicht stören.«

Erik reagierte sofort und schob Kims Vater einen Stuhl an den Tisch. »Herzlich willkommen in unserer Runde. Nehmen Sie Platz! Es gibt gleich Nachtisch.« Er zwinkerte Kim zu, und die wusste, dass es kein Problem war, aus sechs Portionen Nachtisch sieben zu machen. »Wer möchte Kaffee oder Espresso oder irgendetwas anderes?«, erkundigte er sich.

Und Kim, die vor wenigen Minuten noch geglaubt hatte, dass es turbulenter nicht mehr kommen könnte, sagte: »Espresso. Aber bitte doppelt.«

»Was für eine Überraschung! Sie sind Kims Vater? Ich bin Hannelore.« Eriks Mutter streckte dem Neuankömmling die

Hand entgegen, und er schenkte ihr ein Lächeln, wie Kim es schon ewig nicht mehr gesehen hatte.

»Ich bin Konrad«, antwortete er.

Es klang fremd in Kims Ohren. Noch nie hatte sie ihren Vater mit seinem Vornamen angesprochen. Auch die kindliche Bezeichnung »Papa« hatte sie seit ihrem zwölften Lebensjahr nicht mehr benutzt. Sie nannte ihn Vater. Ihrem Dialekt geschuldet klang es eher wie »Vatter«. Kurz und hart, denn er war ihr kein liebevoller Vater mehr gewesen. Aber vielleicht könnte sie zukünftig auch Konrad zu ihm sagen, ging ihr auf. Es wäre einfacher für sie, eine neue Beziehung zu ihm herzustellen.

Der Hund kam bellend auf ihn zu und freute sich sichtlich darüber, dass das Rudel mit ihm noch größer geworden war. Ach ja, die Hütehundinstinkte!

Irgendwie passte plötzlich alles, und Kim lächelte, als Erik ihr die Tasse Espresso reichte und zärtlich ihre Schulter berührte. Erik und Bernd brachten den Nachtisch: Mandelparfait mit Cassisbeeren, darüber ein guter Schuss Vanillesoße, das Ganze dekoriert mit einer Stange Zimt und einem Lebkuchenherzchen. Herzallerliebst!

Kims Vater bekräftigte mehrmals, dass das doch nicht nötig gewesen wäre, und Hannelore widersprach ihm jedes Mal und sagte, dass die spätesten Gäste doch die Schönsten wären. Erik goss ihr und Konrad Wein nach, und sie stießen miteinander an.

Dabei hätte es keines Alkohols bedurft, um beschwingt zu sein. Kim fühlte sich von den Geschehnissen auch so berauscht. Sie legte Weihnachtsmusik ein, und alle aßen noch Plätzchen und Lebkuchen, sofern noch etwas reinpasste in die gefüllten Bäuche. Sie unterhielten sich angeregt, lachten viel, und sogar ihr Vater trug Lustiges zur Unterhaltung bei. Bo wechselte immer wieder einen Blick mit ihr und lächelte. Konrad fand den Hund ebenfalls ganz goldig.

»Und der gehört jetzt dir?«, fragte er seine Tochter ungläubig, und Kim wartete schon darauf, dass er irgendeine blöde Bemerkung machte, sie fragte, ob sie überhaupt in der Lage sei, sich um einen Hund zu kümmern. Aber er sagte nur: »Was für eine süße Maus! Die passt gut zu euch.«

Es war weit nach Mitternacht, als sie auseinandergingen. Konrad verabschiedete sich mit glänzenden Augen und schüttelte allen überschwänglich die Hand. Er war von allem begeistert, und erst jetzt wurde Kim bewusst, dass er heute Abend kein einziges Mal an irgendetwas Anstoß genommen hatte. Sie alle waren wunderbare Menschen, der Glühwein so gut, der Nachtisch vorzüglich, das Café so einzigartig. Leichten Fußes ging er davon, zog lediglich das Genick etwas ein, denn es hatte wieder zu schneien begonnen.

Kim und Bo verabschiedeten sich herzlich von Eriks Mutter und Schwester, wünschten ihnen noch schöne Feiertage und einen guten Rutsch ins neue Jahr. Vielleicht sähe man sich nächstes Jahr wieder. Man konnte nie wissen. Erik und Bernd schlossen sie zum Abschied fest in die Arme.

»Natürlich machen wir das nächstes Jahr wieder«, versicherte Erik von mehr als nur dem Wein beseelt.

»Ich lass mein Auto stehen«, entschied Bo vernünftigerweise.

Sie packten das, was sie mitnehmen wollten auf Kims Fahrrad, staffierten das Lenkerkörbchen mit Bos Schal aus und setzten Bobbel hinein. Die ließ sich das gefallen, fand es sogar ganz toll, wie Kim das Fahrrad schob und beide Frauen nun neben ihr hergingen. Fahren wäre Kim zu gefährlich gewesen. Die Schneedecke war bestimmt schon zehn Zentimeter dick.

»Hast du bemerkt, wie glücklich mein Vater ausgesehen hat? So ausgelassen habe ich ihn noch nie gesehen.«

»Stimmt. Der war happy. Gut, dass du ihn hereingebeten hast.« Nach einer Weile sagte sie: »Du wirst zu deinem Vater noch irgendeinen Draht finden, oder?«

»Ja«, bestätigte Kim. Das würde sicher irgendwie zu schaffen sein.

In vielen Fenstern brannte noch Licht, als sie an den Häuserzeilen vorbeispazierten.

»Erik hat recht«, sagte Kim. »Wenn man jetzt sein Glück gefunden hat, kann man das Vergangene kurzerhand über Bord werfen. Es gibt keinen Grund, es immer wieder hervorzukramen. Es ist vorüber und man sollte nur noch in die Zukunft sehen.« Sie nahm für einen Moment eine Hand vom Lenker und wuschelte Bobbel durchs Fell. »Haben wir eigentlich Futter für die Kleine und ein Körbchen und Spielsachen?«

Bo lachte. »Klar. Ist alles im Keller versteckt. Das hol ich jetzt hoch und dann müssen wir mal sehen, wo wir alles hinstellen.«

»Gut, dass wir zwei Tage frei haben.«

»Ich sogar noch länger«, sagte Bo. »Ich habe für die nächsten fünf Tage Urlaub eingereicht.«

»Ach, deshalb. Und ich habe mich schon gewundert, weil du es gar nicht mit mir abgesprochen hattest.«

»C'est la vie! Jetzt bist du nicht mehr die Einzige in meinem Leben.«

»Damit kann ich leben«, versicherte Kim lachend.

»Habe ich dir eigentlich erzählt, dass ich meine Wohnung vermiete?«, fragte Bo unvermittelt.

»An wen?«, platzte Kim heraus.

»An eine Kollegin. Ihr Freund hat vorgestern ganz plötzlich mit ihr Schluss gemacht.«

»Und er hat sie aus der Wohnung geworfen?«

»Nein, das natürlich nicht. Aber es war für sie unerträglich, noch wochenlang mit ihm zusammenzuleben, wo sie weiß, dass er eine andere hat.«

»Und wann zieht sie ein?«

»Sie ist schon drin. Und sie findet meine Wohnung echt süß.«

Kim gab ein verblüfftes Lachen von sich. »Ich glaub's ja nicht. Da hatte sie aber echt Glück im Unglück.«

Bo machte ein zufriedenes Gesicht. Trotz ihres Wortwechsels hatten sie Bobbel nicht aus den Augen gelassen. Auch wenn sie auf Bos Schal hockte, zitterte sie nun.

»Diese Hunde haben kein Unterfell. Wahrscheinlich müssen wir ihr so ein Mäntelchen kaufen, oder ich stricke ihr eines. Irene hat gesagt, diese Hunde …«

Und dann wiederholte Bo das, was sie vorhin schon über die Rasse erzählt hatte, und fügte alles hinzu, was sie von Irene erfahren hatte. Die ganze Strecke bis nach Hause redete sie, während Kim ihr Fahrrad schob. Sie hinterließen Spuren im frisch gefallenen Schnee: die Schritte zweier Frauen und die Reifenabdrücke eines Fahrrads. Nur von dem kleinen, frierenden Hund im Körbchen war nichts zu sehen. Aber schon in den nächsten Tagen würde sich das ändern. Dann würden kleine Hundefüße die ihren begleiten.

ENDE

Danksagung

Vielen lieben Dank an meine Beta-Leserinnen, die nach dem Lektorat so zuverlässig zur Verfügung stehen, und letzte logische Fehler und Tippfehler ausmerzen. Es ist immer wieder spannend mit euch! Danke Andrea, Bianca, Anna-Maria und Pia.

Über die Autorin

Der Name Sanne Hipp steht für f/f-Romance.

›Nichts ist so spannend, wie die Wege zweier Frauenherzen, bis sie zueinanderfinden.‹

Sanne Hipp begann eines Tages damit, sich nach Feierabend die Welt schöner und einfacher zu schreiben: mit leichten Liebesromanen zur Unterhaltung – Romance zwischen Frauen. Denn das schien ihr eine äußerst spannende Sache zu sein.

Die Autorin wohnt mit Frau und Kater unweit der pulsierenden Hauptstadt des Schwabenländles und hat ihr Hobby zum Beruf gemacht.

Mehr über Sanne Hipp auf: http://sanne-hipp.de

Printed in Poland
by Amazon Fulfillment
Poland Sp. z o.o., Wrocław

13215806R00122